W0216047

Jamais contente
Le Journal d'Aurore

Marie Desplechin

Jamais contente

Le journal d'Aurore

Médium
l'école des loisirs
11, rue de Sèvres, Paris 6e

Du même auteur à *l'école des loisirs*

Collection Médium

J'envie ceux qui sont dans ton cœur
Satin grenadine
Séraphine

© *2006, l'école des loisirs, Paris*
Loi n° 49.956 du 16 juillet 1949 sur les publications destinées à la jeunesse : mars 2006
Dépôt légal : septembre 2010
Imprimé en France par CPI Bussière à Saint-Amand-Montrond
N° d'édit. : 11. N° d'impr. : 102494/1.

ISBN 978-2-211-08331-7

À Véronique Gérardin, l'amie,
la buveuse de cafés, la journaliste,
la rédac chef, et même
la parent d'élèves.

OCTOBRE
La vie du rat-taupe

1er octobre, avant dîner

Tous les gnomes de la planète comptent leurs sous. Le plus grand magicien de tous les temps va passer pour sa quête annuelle. J'ai nommé Harry Potter, le type qui transforme le papier en or massif. Sophie-la-Parfaite, dite aussi Sœur-Cadette-Ingrate, se prépare activement à célébrer. Elle sera la première à acheter le bouquin. La première à le lire. La première à dire qu'il est encore mieux que celui de l'année dernière. Dommage qu'elle entre juste en sixième, elle n'a pas assez de vocabulaire pour se le taper en anglais. Pas grave, Sophie, ce sera pour la rentrée prochaine. Et il sera encore mieux que celui de cette année. Moi, franchement, il faudrait me payer pour que j'aille faire la queue juste pour acheter un bouquin. Surtout un bouquin que tout le monde a lu. Je me demande ce que ma sœur préfère : faire la queue ou lire le livre. Je crois que c'est faire la queue. Si elle aimait lire, on verrait autre chose que Titeuf sur son étagère.

Le temps que les gens perdent à lire des livres, ça me tue. C'est le genre de réflexion que je me fais en cours de maths. Il faut que je m'occupe la tête si je ne veux pas devenir dingue. Bref, la question s'est posée à moi entre deux équations, la seule, la vraie, l'unique : pourquoi me pourrir la vie à lire alors que je peux écrire ?

Justement, j'avais un cahier en train de moisir. Un vieux cadeau de l'anniversaire de mes douze ans. L'authentique présent effroyable : une large couverture en carton, un million de pages blanches, et *MON JOURNAL INTIME* marqué dessus, histoire de rendre la chose publique dans le monde entier. Tellement intime que la couverture est fermée par un cadenas ridicule avec clé dorée, le genre de truc qui donne une envie mortelle de lire en cachette.

« Tu vas écrire ton journal et ce sera le début d'une nouvelle vie », voilà ce que je me disais quand la fin de l'heure a sonné. J'ai arrêté de penser. Direct. J'ai ramassé mes affaires et j'ai foncé vers la sortie. La vérité, c'est que je suis faite pour l'action.

1er octobre, après dîner

C'est clair : tout le monde écrit son journal, spécialement les filles, spécialement les filles moyennes. Je le sais. Moi aussi, je passe par le rayon livres en entrant au supermarché. Le plus dingue, c'est que les bouquins sont publiés. Les filles en question ont des prénoms américains impossibles, type feuilleton pour gnomes sur M 6 – en version française apparemment on en vendrait moins. Le français est juste la vieille langue déprimante, je regrette mais c'est la conclusion universelle. Passez du rayon livres au rayon films, et là, tapez-vous la tête contre les murs : il y a des types pour en faire des films ! Dans mon intérêt personnel, je ne vois pas pourquoi je lirais les journaux des autres. Moi aussi, j'ai une vie.

Je me demande quel genre de film on peut faire avec une vie où il ne se passe rien. Genre la mienne. Une sorte de documentaire animalier, j'imagine. La vie du rat-taupe sur les plateaux d'Abyssinie. En moins palpitant.

5 octobre

Si quelqu'un n'avait pas remarqué le cadenas qu'il vient d'ouvrir en traître, je rappelle que ceci est mon journal intimement intime. Et que je maudis par avance toute personne qui y jettera les yeux. Qu'elle soit maudite jusqu'à la fin de sa vie, qu'elle ait des allergies, des pellicules et des appareils dentaires à élastiques. Sophie, si c'est toi qui es en train de lire, ferme ce cahier tout de suite!

6 octobre

Je me demande ce que racontent les dingues qui écrivent tous les jours. Il y a des gens qui n'ont vraiment rien à faire de leurs soirées.

7 octobre

Aujourd'hui: rien.

8 octobre

Hier: Rien. Aujourd'hui: rien. Demain: rien de prévu. Des fois, j'aimerais être un rat-taupe. Comparée à la mienne, la vie du rat-taupe est un carrousel enchanté.

9 octobre

Le problème du journal, c'est d'avoir quelque chose à raconter. Il faudrait avertir les débutants: difficile de faire un journal intéressant avec une vie nulle. Je suis l'auteur débutant d'un journal nul. Pourtant, bizarrement, écrire fait du bien. Il ne faut pas que j'en abuse. On sait comment ça se passe. D'abord on essaie, ensuite on s'habitue, et après c'est la galère pour décrocher. Non merci. J'arrête. Inutile de me supplier. C'est tout pour aujourd'hui.

10 octobre

Mme Ancelin m'a attrapée par la manche à la fin du cours de maths pour me demander si Sophie était ma sœur. J'ai d'abord dit non. Puis, comme elle s'étonnait (évidemment, on porte le même nom), j'ai dit oui. Elle aura mis un mois à nous repérer. Pour un prof de maths, ce n'est pas la logique qui l'étouffe. Maintenant qu'Ancelin a percuté, je suppose que tout le collège est au courant. J'ai une sœur en sixième. Oui, les gars, une sœur petite et moche. Vous la reconnaîtrez facilement. Elle a des lunettes et un cartable Titeuf accroché aux omoplates. Je me demande s'ils prennent aussi les parents au collège. Comme ça, on serait tous rassemblés, ce serait la fête. Ce bahut sinistre était le seul endroit sur la planète où j'avais la paix. Eh bien, c'est fini. Maintenant j'ai Sophie. Parfois, je me demande ce qui me retient de mourir.

– Elle est très brillante, a remarqué Ancelin en écarquillant les yeux.

J'ai bien vu qu'elle n'arrivait pas à le croire : d'un côté la tache (moi), de l'autre le génie (Sophie). Cherchez l'erreur.

– Elle a été très malade quand elle était petite, j'ai dit et je suis sortie dignement de la salle de cours.

Au prochain qui me demande, je réponds qu'on l'a adoptée. Mais personne ne me demandera plus rien. Tout le monde sait. Je suis maudite.

15 octobre

Ma vie est un désert d'ennui. Pour oublier, j'allume la télé et je mange des galettes de riz. Même sur TF1 après 10 heures, les gens sont plus beaux que moi. Ils ont l'air plus contents. Ils ont des vies. En plus, ils passent à la télé. Je me demande si les galettes de riz font grossir. Je me demande si quinze galettes de riz font grossir. Allez… une dernière et au lit !

18 octobre

Trois supermarchés et pas une galette de riz. On m'a coupé les vivres. J'aimerais savoir ce que j'ai fait de mal. Si quelqu'un les achète, c'est bien pour que quelqu'un les mange…

19 octobre

Comme prévu, Sophie a lu *Harry Potter*. Quelqu'un veut une information vraiment intéressante ? Il est encore mieux que celui de l'année dernière. C'est l'avis personnel de Sophie. Argl. Vivement l'année prochaine.

20 octobre

Sonnez carillons, tintez clochettes ! Enfin un événement dans cet océan de platitude… Ma sœur aînée, la grande, la merveilleuse, la presque adulte Jessica va se faire percer la langue ! Enfin, c'est ce qu'elle croit, cette bécasse. Elle l'a annoncé hier, à table, devant toute la sainte famille réunie. Si mon père avait eu un dentier, il l'aurait craché dans ses tomates.

– C'est le plus hygiénique, a-t-elle murmuré.

– Quoi ? a hurlé ma mère.

– À cause de la salive. Ça désinfecte.

C'est là que mon père s'est étranglé. Ma mère s'est levée et lui a tapé dans le dos. Il a toussé, râlé et craché dans ses tomates. Je tiens à préciser que, si mon père n'a pas de dentier, il a un bridge. On en apprend tous les jours.

– Tu tu tu… a bégayé mon père.

C'est fou ce que ça se voit, deux dents qui manquent à la mâchoire supérieure. Le délicat petit rire qui me sautillait dans l'estomac depuis quelques minutes est sorti d'un coup. Je me suis effondrée sur la table en hennissant.

– Fiche le camp ! a crié ma mère.

Le cri est très tendance chez moi, en soirée. Jessica s'est levée de table, tête baissée. Imitation Jeanne d'Arc au bûcher. Tout juste si elle n'a pas croisé les mains dans le dos.

– Pas toi ! Aurore !

C'était trop injuste. Au lieu de m'arrêter de rire, ce qui serait arrivé naturellement au bout d'un moment, toute personne sensée sait qu'on ne peut pas rire plus de vingt minutes d'affilée, je suis repartie à hoqueter. Résultat : j'ai eu très chaud, je suis devenue très rouge, les larmes me sont montées aux yeux (et je crois bien que je me suis mouchée dans mes doigts, c'est moche). Je leur ai fait peur, c'est clair.

– Aurore ! Dans ta chambre ! Tout de suite !

Impossible, chère mère. Je viens de perdre l'usage de mes jambes. Je crois malheureusement que je vais restée collée à cette table jusqu'à ma mort.

– Aurore, a chuinté mon père, chi tu n'obéis pas à ta mère, ch'est moi qui vais te chortir…

La voix de mon père édenté fait des miracles. Alléluia. J'ai retrouvé l'usage de mes jambes. Je me suis traînée vers la porte de la cuisine et je suis sortie. C'est tout. C'est décevant, je sais. Je regrette. Moi aussi, j'aurais bien aimé raconter la suite de cette intéressante conversation familiale. Malheureusement, elle s'est poursuivie sans moi.

Sur TF1, des gens incroyablement gros racontaient leurs grosses souffrances à la caméra. Je me suis identifiée à mort. Je me suis couchée complètement déprimée. Est-ce que les galettes de riz font grossir ? Si oui, jusqu'où ?

21 octobre
Jeanne d'Arc ne parle plus à mes parents. Ça tombe bien. Ils ne lui parlent plus non plus.

21 octobre et demi
Tout ça pour une histoire de langue. C'est marrant.

21 octobre au soir
Plus personne ne parle à plus personne. Je crois que je vais me faire percer le sourcil. Peut-être qu'on arrêtera de se voir.

22 octobre
Ma mère a retrouvé la parole. Jessica est privée d'argent de poche. Comme elle ne parle plus, diffi-

cile de savoir ce qu'elle en pense. Je me demande comment on fait pour embrasser avec un clou planté dans la langue. Je me demande si les filles à langue percée embrassent des gars à langue percée. Et si les clous se coincent l'un dans l'autre ? Il faut les emmener à l'hôpital et leur ouvrir les joues pour démêler les clous. À mon avis, avec ça, on peut faire une bonne émission sur TF1. Je ne suis pas sûre que Jessica ait pensé aux conséquences de son acte. Il faut que quelqu'un la prévienne. Est-ce à moi de le faire ? J'hésite.

23 octobre

– Tu n'as jamais embrassé personne. Tu n'y connais rien.

C'est la dernière fois que je parle à Jessica. Je croyais qu'elle était ma sœur. Erreur. C'est une mutante privée de cœur. Sophie est adoptée. Jessica est mutante. Il n'y a qu'une seule vraie fille naturelle dans cette famille. Moi. Dommage que mes parents me détestent.

Heureusement, j'ai des grands-parents. Mamie est très intéressée par le piercing de la langue. Elle a demandé à accompagner Jessica pour l'opération. Depuis qu'elle a eu son accident de voiture, Mamie a décidé de devenir une sainte. Quelque chose comme un bouddha version vieille dame. Elle ne se fâche plus jamais et se réjouit de tout. Mon grand-père pense qu'elle est juste devenue dingue. Ma mère pense qu'elle a toujours été dingue. Mon père ne pense rien du tout. Il a un nouveau bridge. Il faut croire qu'il n'a pas d'autre horizon dans la vie que ses dents. C'est triste.

Je n'aime plus Jessica. De toute façon, je ne l'ai jamais aimée. Elle ne pense qu'à elle. Plus tard, je ne me marierai pas, je n'aurai pas d'enfants, et pas de famille. Je vivrai avec mes copines dans un grand appartement. Il y aura des garçons dans l'appartement d'à côté. Nous serons tous très heureux et tout le monde sera libre de se faire percer ce qu'il veut, le nez, le pied, le gras du bras.

Pendant que j'y pense, à quoi bon rester à dépérir dans cette famille atroce ? Je vais m'inviter à dîner chez Lola. Comme elle habite en face, je n'aurai pas à aller loin. Et son père est toujours d'accord pour rajouter une assiette. Adieu, famille atroce.

24 octobre

Pourquoi Lola n'est pas ma sœur ? Nous aurions pu être jumelles. Nous avons les mêmes goûts, les mêmes détestations et la même pointure (en gros, des pieds immenses). Nous avons souvent les mêmes boutons (en gros, immenses). Je lui pardonne ses cheveux sublimes. Elle me pardonne ma taille 36.

Lola trouve qu'il est normal de se faire percer la langue quand on aime le rock. Comme elle préfère le RnB, elle se ferait plutôt percer le nombril. Mais, comme elle n'aime pas avoir mal, elle préfère encore ne rien se faire percer du tout. J'envie Lola parce qu'elle est toujours cool, qu'elle peut se coucher à l'heure qui lui plaît et que ses parents sont divorcés. Elle m'envie parce que je suis au collège public. Elle est dans un collège privé où les élèves sont immondes. On voit bien qu'elle n'est jamais entrée dans un collège public. À ce qu'elle raconte, les garçons de sa classe sont des monstres. Elle rêve qu'ils sont mieux dans ma classe. Ravages de l'imagination.

Mieux ? Ha, ha. Laissez-moi rire. Une horde de fouines, oui. Qui rêve de passer toute son année scolaire enfermée avec une horde de fouines ? Je ferais peut-être un bon sujet pour TF1. Quand on a eu fini de parler de fouines, je suis rentrée chez mes parents naturels. Hélas, il était déjà 11 heures et ma mère m'attendait en robe de chambre dans la cuisine. Dans une famille normale, divorcée, monoparentale, ouverte d'esprit, il est normal de se coucher à 11 heures. Chez moi, c'est le drame. Total : je suis privée d'argent de poche. Je me demande ce qui me retient de me faire percer la langue.

30 octobre

Quelqu'un a encombré le couloir de l'appartement de fausses toiles d'araignées en coton gluant et autres guirlandes de crépon couleur potiron. Quel étonnement ! Quelle surprise ! Mais que se passe-t-il ? Serait-ce Halloween ? Je crois deviner qu'une certaine Sophie, toujours à la recherche d'originalité, est à l'initiative de ces fastueuses décorations. Avec un peu de chance, demain, elle se transforme en citrouille. Ce serait trop beau.

31 octobre

Quatre gamines habilement déguisées avec des lunettes rondes et des bonnets noirs se bourrent de bonbons orange en regardant un DVD. Tout ça est très festif, si, si, je vous assure.

NOVEMBRE
Catastrophes buccales et climatiques

1er novembre

Jour des morts. Sympa. Il pleut. Comme par hasard. Je vais me recoucher.

1er novembre, plus tard

Si je meurs, je déclare que mon journal doit être enterré avec moi. C'est ma dernière volonté.

1er novembre, plus tard et une minute

Changement de programme : mon journal sera incinéré. C'est ma dernière dernière volonté.

1er novembre, plus tard et deux minutes

J'ai réfléchi. Je ne vais pas mourir du tout. Je vais plutôt prendre une douche. Il pleut toujours. Novembre, mois morbide et plein de flotte. Et cette blague va durer trente jours. Misère.

4 novembre

Je n'ai pas fait gaffe. D'habitude, j'évite. Mais ma mère essayait de faire brûler une tarte dans le four depuis environ trois heures et personne n'avait encore pensé à mettre la table. J'avais faim, j'ai allumé bêtement la télé. Erreur fatale. C'était l'heure du journal. On a eu les attentats, la famine, les épidémies, les pédophiles et quelques chômeurs à la rue. En dessert, un écrivain hors d'âge ignoblement déprimant a raconté sa vie ignoblement déprimante avec l'air du type qui a envie de pleurer ou de vomir, on ne sait pas exactement. Je me demande comment le bonhomme qui présente le journal tous les jours fait pour ne pas se flanquer une balle dans la tête. Il ne comprend pas un mot de ce qu'il dit, c'est clair.

5 novembre

Le dîner était encore en retard. C'est le nouveau genre de ma mère : trop tard – trop cuit. Résultat, j'ai allumé la télé pour le journal. Erreur fatale, je sais. Mais j'avais atrocement besoin de ma dose. Je suis dépendante des informations flippantes. Côté accoutumance, le journal télé vaut le journal intime, vous êtes prévenus.

Je vous informe donc que, pour la banquise, c'est cuit. Mais que pour les catastrophes climatiques, ça commence.

6 novembre

Elle l'a fait ! Elle l'a fait ! La langue de ma sœur Jessica est percée de part en part ! Par un gros clou d'acier. Beurk. C'est Mamie qui l'a annoncé, tout à l'heure, en revenant de chez le perceur. Jessica n'a rien dit. Pour elle, c'est fini. Sa langue a triplé de volume. Elle ne peut même plus bouger les lèvres. Pire que la petite sirène... Elle ne peut plus parler, d'accord. Pour ce qu'elle a à dire, on ne va pas se lamenter. Mais il y a pire. Elle ne peut plus manger. Sauf de la Blédine. Avec une paille. Et tout ça pour casser les pieds à ses parents. Oh, je l'adore ! Jessica, entends-le car je ne le répéterai pas cent fois : je vous adore, toi et ta langue percée.

Mamie a proposé à Maman de garder la petite sirène chez elle une semaine, le temps qu'elle cicatrise. Je trouve que c'est normal. Elle devrait se sentir coupable. C'est elle qui l'a conduite chez le boucher. Maman a haussé les épaules. Jessica l'énerve tellement qu'elle est ravie de s'en débarrasser. Tant mieux pour Mamie. Elle va pouvoir bourrer Jessica de sottises sans que personne l'interrompe. Quelle tête va faire son mari ? C'est la question. Ce vieux Papi est un être humain comme les autres, après tout. Quel être humain rêve de dîner en face d'une créature muette et affamée à la langue géante ?

Tant pis pour Papi. Personne ne l'a forcé à épouser Mamie. Sois bénie, Jessica, car tu as fait une heureuse. Je vais profiter de ton absence. Puisque tu me laisses la place, je vais montrer à tes parents quelle fille formidable je suis. Si seulement ce monstre de Sophie pouvait débarrasser le plancher… Je serais leur seule fille. Leur rayon de soleil. Leur bâton de vieillesse. Ils seraient à mes pieds. Pourquoi faut-il que Sophie soit née ? Pourquoi tant d'injustice ?

Je crois que je vais l'empoisonner. C'est ce que les gens faisaient, au Moyen Âge. Et croyez-moi, ils n'étaient pas plus idiots que nous. Ils écrivaient des livres. On devrait y penser quelquefois, au poison, à tous ces trucs qui facilitaient la vie, avant.

7 *novembre*

Tous mes projets sont ruinés. Mes parents me haïssent. Je regrette que Jessica ne soit pas là. Si elle était là, elle les occuperait avec sa langue. Mais non. Elle a trouvé un asile, elle. Je suis seule. Je suis affreusement abandonnée. Ancelin m'a collé un deux au contrôle de maths. Deux. Manquent dix-huit. Ça fait beaucoup. J'aurais pu cacher le truc jusqu'au bulletin.

Mais Sophie s'est chargée de faire circuler l'information. Elle sait tout parce que Ancelin lui dit tout. C'est répugnant. Je me demande même si c'est légal.

– Bon sang, a fait mon père. Deux.

– Sophie, espèce de thon, ai-je fait.

– Laisse ta sœur tranquille, a fait ma mère.

– Moi, j'ai eu dix-huit, a fait Sophie.

Au moins, je sais où passent tous ces points que je n'ai pas. Ils atterrissent chez Sophie.

Mon père a fait glisser la pointe de sa langue derrière son bridge.

– Dommage pour toi, Aurore, a-t-il dit avec sa voix froide de sadique des grands hôtels. Brad Pitt a pris une suite chez nous. J'avais prévu de te faire venir. Tu aurais pu le voir. Mais tu ne le mérites pas. C'est Sophie qui viendra.

Cette dinde de Sophie a écarquillé les yeux derrière ses hublots.

– Qui c'est, Brad Pitt?

Je vais l'empoisonner. De toute façon, je n'ai plus rien à perdre. Je suis désespérée. Ma vie commence à peine et c'est déjà un désastre.

8 novembre

Il fait du soleil. Bizarre. Ça doit être le changement

climatique. Tout ce qu'on va gagner, c'est une inondation, un tremblement de terre et une épidémie, aussi sûr que deux et dix-huit font vingt.

9 novembre

Maman s'est gravement trompée en faisant les courses. Elle a confondu les galettes. Coup de chance : les galettes d'épeautre sont aussi sublimes que les galettes de riz. Quelqu'un sait ce que c'est, l'épeautre ?

10 novembre au soir

Maman est partie conduire Sophie à l'hôtel. Cette belette va voir Brad Pitt. En vrai. Peut-être qu'elle va perdre la vue. Tout d'un coup. Un truc bien mythologique.

Pour le poison, je renonce. Premièrement parce que c'est compliqué d'en acheter. Deuxièmement parce que, même si je réussis, ça finira par se retourner contre moi. Comme d'habitude.

J'ai ressorti une vieille photo de Brad Pitt de mon classeur de souvenirs. Il a au moins trente-cinq ans. Il est vieux et moche. Je me demande comment j'ai pu l'aimer à la folie autrefois. La jeunesse, je ne vois que ça.

Il est très facile d'avoir dix-huit en maths en sixième. On verra ce que ça donnera en troisième. Rira bien qui rira la dernière.

Je suis épuisée par ce journal. Écrire, c'est l'esclavage. Vite, une galette d'épeautre – confiture de fraise. Le cerveau marche au sucre, c'est connu.

11 novembre

Congé. Les bus sont décorés de petits drapeaux et tout le monde est content de ne pas aller bosser. C'est la fête de la Première Guerre mondiale. Un million de morts, un jour de vacances. À sept millions, je me demande si on a la semaine.

13 novembre

Jessica est revenue ! Mamie l'a bourrée de Blédine parfum vanille (j'adorerais goûter au truc, malheureusement on dirait qu'il faut se trouer la langue pour y avoir droit). Résultat, le bobo a dégonflé. Elle parle.

– Et alors quoi ? Qu'est-ce que j'ai ? J'ai plus le nez au milieu de la figure ?

C'est la première chose qu'elle a dite quand elle nous a vues, moi et Sophie.

– Tire ta langue.

C'est la première chose que je lui ai demandée. Elle n'avait pas encore enlevé son manteau (le climat s'est remis en place, il pleut sans arrêt). Elle a été sympa. Elle a tiré la langue. Super. Quand elle a vu la petite boule argentée plantée au beau milieu, Sophie est devenue toute pâle. Le piercing traumatise. Ça donne à réfléchir.

Mes parents ont décidé de faire comme si de rien n'était. Percée ou pas percée, c'est pareil, le silence absolu. Vu que personne n'ose parler de langue, on ne parle plus de rien. C'est gai.

17 novembre
Mamie appelle tous les jours pour prendre des nouvelles de Jessica. À la place de Maman, je lui raccrocherais au nez.

18 novembre
Maman a raccroché au nez de Mamie. Je n'ai qu'une chose à dire : c'est moche.

22 novembre
Il a fallu que j'aille dîner chez Lola. Elle est complètement déprimée. Elle pense qu'elle est lesbienne. Je l'ai tout de suite avertie que je ne sortirai

pas avec elle, même si elle me le demande gentiment. De mon côté, je ne suis pas encore fixée. J'aime autant attendre un peu avant de me décider.

– Il y a plein de garçons dans mon collège, a gémi Lola. Et je les trouve tous laids, petits et stupides. Je préférerais sauter par la fenêtre plutôt que d'en embrasser un. Je ne m'entends qu'avec les filles. Qu'est-ce que ça veut dire, à part que je suis lesbienne ?

Je suis restée sous le choc.

– Dans ce cas, moi aussi, ai-je dit. C'est clair.

– Comment on va faire pour le dire à nos parents ?

Comme je n'avais pas de réponse et que nous étions très abattues, nous avons regardé la télé.

– Ce n'est pas tellement d'être lesbienne qui me gêne, a constaté Lola en zappant comme une malade. C'est l'idée de ne jamais embrasser un seul garçon de toute ma vie. J'ai envie de pleurer.

Je l'ai rassurée.

– Rien ne t'empêche d'essayer, même si tu es lesbienne. Tu peux faire un petit écart, juste une fois.

– Oui, mais justement, essayer avec qui ? Ils sont tous affreux, je te dis.

On a fini par tomber sur une émission qui présentait des gens qui avaient une vraie passion pour leurs animaux. Tout le monde était très laid, les femmes, les hommes et les animaux. C'était tellement hideux que nous avons oublié nos soucis. Lesbiennes mais sans souci.

23 novembre

J'ai rêvé de Brad Pitt toute la nuit. Nous étions amoureux comme des fous. Malheureusement, je ne pouvais pas en profiter parce que mes parents savaient que j'étais lesbienne. À la fin, je sortais quand même avec lui en secret. Mais juste au bon moment, précisément à l'instant où il me tendait ses lèvres avides, je me suis réveillée. Il faut que je demande à Lola de me raconter ses rêves.

25 novembre

Personne ne sait ce que c'est que l'épeautre. Tant pis. Maman a racheté des galettes de riz. Au passage, j'ai demandé pour la Blédine. C'est non.

26 novembre

– Alors, Jessica, quelles nouvelles de ton clou?

J'ai décidé de crever l'abcès. Assez d'hypocrisie familiale. J'ai attaqué au milieu du dîner. Jessica a fait au plus efficace: elle a tiré la langue. Le bon côté des choses, c'est que le traumatisme marche toujours. Sophie est devenue toute blanche. Le mauvais côté, c'est que Maman s'est mise à pleurer et qu'elle est sortie de table en reniflant. Après, Papa m'a envoyée dans ma chambre. Je suis privée d'argent de poche. Normal, c'est la fin du mois.

27 novembre

J'ai cherché dans le dictionnaire. L'épeautre est une sorte de céréale. On aurait pu s'en douter. Avec quoi on fait les galettes? Pas avec du poisson séché, aux dernières nouvelles.

Maman a l'air de faire une dépression. Hier, elle a pleuré. Aujourd'hui, elle est en arrêt maladie. C'est un signe qui ne trompe pas. Il va falloir trouver la responsable. Ensuite, la juger. Enfin, la pendre. J'hésite entre Sophie, Mamie et Jessica.

Je vais cacher ce journal. Ce n'est pas le moment que ma pauvre mère tombe dessus par hasard en fouillant dans mes affaires. Elle a assez de soucis avec sa propre vie, je n'aurai pas la cruauté de l'accabler avec les miens. La vérité est que je suis prête à me sacrifier pour les parents. Je ne manque pas de grandeur.

28 novembre

Je me suis regardée dans la glace. Mes deux yeux ne sont pas du tout pareils. Mes deux sourcils non plus. Je suis un monstre.

29 novembre

La planète peut aller au diable, avec son vieux climat détraqué. Les monstres ne sont pas concernés par l'effet de serre. Les monstres ne sont pas solidaires. Ils s'occupent de leurs malheurs à eux.

DÉCEMBRE
Petit Noël chez la monstresse

1er décembre

J'ai vérifié. Mon oreille gauche est plantée environ dix centimètres plus haut que mon oreille droite. À ce niveau de monstruosité, ça m'étonnerait qu'on m'opère.

«Elle réussit sa vie malgré son physique monstrueux», bon titre d'émission, non? J'en ai d'autres: «Les monstres et l'amour, une jeune monstresse témoigne». Ou encore: «Mon dernier coup de foudre, raconté par Brad Pitt: j'aime son visage monstrueux, malheureusement elle est française».

2 décembre

J'ai rêvé que Brad Pitt n'avait qu'un seul œil au milieu du front. Je devais passer des heures à le consoler parce qu'il n'arrêtait pas de sangloter. Un œil qui pleure au milieu du front, ça fait bizarre.

3 décembre

Je signale qu'on se gèle. Il fait un froid ignoble.

Dans un sens, c'est une bonne nouvelle : le climat tient bon. Courage, climat !

Je signale également que Lola n'a pas les yeux à la même hauteur. La vérité est qu'elle n'a rien à la même hauteur. Elle est même totalement en désordre, c'est affolant ce qu'on se ressemble. Nous étions en train de nous examiner dans le miroir au-dessus des lavabos quand son père est entré dans la salle de bains.

– Je suis un monstre, a dit Lola.

– Je sais, a répondu son père.

– Aurore aussi.

– Je m'en doutais.

– Tu aurais pu me le dire plus tôt...

– J'y ai souvent pensé mais je n'avais pas le courage de détruire tes illusions.

Le père de Lola s'est penché vers le miroir.

– Hé ! a fait Lola. Tu n'as pas les yeux à la même hauteur !

– Hélas non, a gémi son père. J'étais très beau dans ma jeunesse, jusqu'à ce que ta mère me lance un sort... Depuis, je suis hideux...

– Arrête de critiquer Maman !

– J'arrête.

– Dis-moi la vérité !

– La vérité, c'est que tout le monde est asymétrique. Tu le saurais si tu regardais les gens autour de toi, au lieu de passer ton temps à te contempler le nombril.

– Papa! … Sincèrement… quand on regarde de près, je suis un peu un monstre…

– Ne te vante pas sans arrêt. Tu n'es pas un monstre, Aurore non plus. Vous êtes juste deux andouilles. Deux andouilles communes.

Vieux père de Lola, je t'adore. Voilà un homme qui comprend nos problèmes. Qui prend le temps de nous rassurer. C'est peut-être parce qu'il est divorcé. Un homme qui n'a pas de femme ne perd pas son temps à s'occuper d'elle. Il peut se consacrer à ses enfants, c'est mathématique.

4 décembre

Bulletin de santé maternel: beau fixe. Quand je pense que j'ai cru qu'elle faisait une dépression… Apparemment, c'était une gastro. D'ailleurs, elle est guérie. Ma mère n'a pas d'âme. Elle a un estomac. J'aurais dû m'en douter.

5 décembre

Ma mère va bien. Mon père va bien. Mes sœurs

vont bien. Sophie aura les félicitations. Sauf si on invente une récompense spéciale pour sa catégorie, auquel cas elle a de bonnes chances d'emporter le titre de Miss Lèche-Bottes 2005. Jessica a fini de cicatriser. Personne ne lui parle plus de sa langue. On ne le voit même pas, ce piercing. Il faut qu'elle tire la langue pour qu'on s'en souvienne. C'était bien la peine de faire un tel cirque.

Je résume : tout va bien bien bien. Je m'ennuie atrocement en attendant la fin du monde. Je crois que je vais faire une dépression. Ou une gastro. Qui sait ?

6 décembre

Hier, des catalogues de jouets débordaient des boîtes aux lettres. Ce matin, la boulangère avait semé de grosses étoiles dorées entre les religieuses et les mille-feuilles… Et ce soir, ma mère nous est tombée dessus.

– On va me demander des idées de cadeaux. Il faut que vous me donniez une liste. Autant s'organiser, pour une fois.

Apparemment, Miss Lèche-Bottes n'attendait que ça. Après *Harry Potter* et Halloween, le grand événement de sa vie, c'est la naissance du petit Jésus.

Elle a couru dans sa chambre chercher son papier à lettres. Entre deux devoirs de maths, elle n'a que ça à faire, d'écrire des listes. Pauvre chose.

Je n'avais pas une folle envie de participer aux préparatifs des réjouissances. Je me suis éclipsée. Je me suis réfugiée chez Lola.

– Devine ce qui arrive ..

– Je sais.

– Quoi?

– Noël.

Ce que j'aime chez Lola, c'est qu'elle n'a pas besoin d'explications Elle sait.

10 décembre au matin

Opération liste terminée. Je veux de l'argent. Personne ne risque de se tromper. Halte à l'improvisation sauvage. Halte à la surprise, au cadeau foireux, au pull saumon trop grand, au CD rétro, au stylo de mémère.

10 décembre au soir

Maman trouve que demander de l'argent pour Noël est VULGAIRE.

– Ce n'est pas un cadeau, a-t-elle finement remarqué. Offrir de l'argent ne fait plaisir à personne.

– Si. À moi.

Elle n'a pas jugé nécessaire de me répondre. J'en déduis que j'avais raison.

10 décembre, plus tard
Mamie m'a appelée. Elle avait sa voix angélique. Elle aime l'idée de m'offrir de l'argent. Elle propose de couper la somme en deux, et de filer une moitié au Comité d'action contre la faim. Je n'ai pas osé dire non. J'ai même dit: «Oui, bonne idée.» J'ai envie de pleurer

12 décembre
Mon père a acheté un sapin de Noël. Il est petit, il est maigre et il perd ses poils sur le tapis. Dans dix jours, il n'a plus une épine, c'est tout vu. Surtout si Sophie continue de le couvrir de vieilles guirlandes d'Halloween et autres déchets récupérés dans sa chambre. Tout ça pour finir dans quinze jours sur le trottoir dans les ordures. Franchement, les sapins, ça me déprime. Si c'est pour perdre ses poils, se rabougrir et finir dans l'indifférence générale, on pourrait aussi bien s'offrir un chat.

15 décembre
J'ai fait des calculs. Si j'additionne les sommes que je

peux raisonnablement attendre des donateurs habituels, et si je soustrais la moitié de la somme grand-parentale, il reste assez pour me payer un cache-cœur (option basse), un cache-cœur et un pantalon (option haute). J'ai refait mes calculs. S'il faut que j'achète un cadeau à tous ceux qui auront l'idée idiote de m'en offrir un, je peux faire une croix sur le cache-cœur.

Étrangement, aucune menace de suppression d'argent de poche ce mois-ci.

16 décembre

– Non, a dit Jessica quand je lui ai proposé une paix des braves (tu ne m'offres rien, je ne t'offre rien, pitié, grâce, merci).

– Pourquoi non ?

– Parce que j'ai déjà le tien.

Cette teigne m'a trouvé un cadeau. Je la hais.

Maman me regarde depuis deux jours avec des sourires inquiétants. Je me demande ce qui lui prend. Elle a peut-être une gastro de la tête.

Bon Dieu, qu'est-ce que je vais pouvoir acheter à Jessica ? Et avec quel argent ?

16 décembre au soir

Je sais. C'est Mamie.

– Ma chérie, a dit Maman en m'enlaçant dans la cuisine (j'ai horreur qu'on m'enlace, dans la cuisine ou ailleurs), je te félicite.

– Hein?

– Cette idée de partager avec ceux qui ont faim...

– ...

– Mamie m'a tout raconté.

Pendant que je m'enfermais à double tour dans ma chambre, l'annonce de ma sainteté a traversé la famille. Le soir, au dîner, Sophie me dévisageait avec une curiosité malsaine. Jessica avait son sale petit sourire en coin. Je suis assez contente que Papa soit de service de nuit. Quant à Mamie, c'est la dernière fois que je lui adresse la parole.

Je déteste Noël. Je vais me convertir. Il faut que je me trouve une religion.

17 décembre

J'ai invité Samira chez Lola. À son avis, passer à l'islam est une mauvaise idée.

– Noël, chez toi, c'est juste un soir. Chez moi, j'en prends pour vingt-huit soirs d'affilée. Un ramadan, c'est vingt-huit gros repas du soir, sans compter les vingt-huit gros repas du matin. Et l'aïd par-dessus. Ma mère est à cran, j'aime autant te le dire.

– C'est quoi l'aïd ?

– La fin du ramadan. Le Noël de tous les Noëls. Et attends, ce n'est pas fini... Les musulmans sont comme tout le monde. Ils ne voient pas pourquoi ils ne s'offriraient pas de cadeaux le 25 décembre. Faites le compte : vingt-huit Noëls, plus un super Noël, plus les cadeaux du Petit Jésus... Mauvais plan, je te le dis.

– Tu n'as jamais pensé à te convertir ?

– Pourquoi ? Ça n'empêcherait pas la famille de faire ramadan.

Elle a raison. Je peux me trouver toutes les religions que je veux, tant que je vivrai dans cette famille obscurantiste, je me taperai Noël. Ce que j'aime chez Samira, c'est qu'elle est intelligente. Ce que j'aime chez Lola, c'est qu'elle est sensible. Comme plus personne ne croyait en rien, elle a allumé la télé.

– Ça vous changera les idées, a-t-elle dit.

Si je travaillais à la télé, je devrais y aller même la nuit de Noël. Comme quoi, il ne sert à rien de réfléchir à une religion. Je ferais mieux de me trouver une bonne orientation professionnelle (médecin de garde la nuit de Noël, surveillant de centrale nucléaire la nuit de Noël, hôtesse de l'air la nuit de Noël).

20 décembre

Il y a des avantages à la sainteté. Mon bulletin est tombé sur mes parents sans faire de dommages collatéraux. Je vais être franche, il n'est pas très bon. En résumé : si je continue, je vais me taper deux troisièmes et ce sera bien fait pour moi.

En temps normal, mes parents associés auraient dû me couper la tête. Mais nous sommes apparemment entrés dans une autre dimension.

– N'empêche, a soupiré ma mère. Elle a du cœur.

Mon père a hoché la tête d'un air résigné et il s'est jeté sur le bulletin scintillant de Miss Lèche-Bottes. C'est tout. Pas de menace. Pas de promesse. Pas de suppression providentielle d'argent de poche.

DU CŒUR. Sophie a l'intelligence. Jessica a la beauté. Moi j'ai le cœur. Je me demande qui a la rate.

22 décembre

Excuse, public chéri. Je n'ai pas un moment pour

écrire. Je cherche des cadeaux. Sans argent, sans idée, et même avec du cœur, c'est un sale boulot.

23 décembre

Gloria ! Alléluia ! J'ai trouvé ! Tous mes cadeaux, d'un seul coup, et dans la même boutique... Artisanat religieux, c'était peint sur la porte. Sois béni, Artisanat religieux, car tu es mon sauveur. Je passais par hasard et c'est l'ange dans la vitrine qui m'a attrapée. Avec ses grandes ailes, ses longs cheveux et son sourire niais, j'ai pensé qu'il serait parfait pour Miss Lèches-Bottes, dite désormais Miss Petit-Ange 2005. J'ai eu peur de devoir acheter toute la crèche en prime, mais non. On me l'a emballé bien gentiment pendant que je tournais dans la boutique. Je suis tombée en arrêt devant une terrible petite croix émaillée bleu canard (en solde). Je me suis dit qu'elle plairait certainement à Jessica, qui raffole des bijoux. Elle pourra toujours servir à rattraper son clou dans la langue. Pour Mamie, j'ai choisi un disque de carillons. Presque cent minutes de sons de cloche. Cloche. Si elle ne voit pas l'allusion, c'est à désespérer. Au moins, ça fera rire Papi. Pendant que j'y étais, j'ai pris des chants religieux pour mes parents. Il paraît que ça calme. Effet chant des baleines.

Maman dit souvent que c'est l'intention qui compte. J'espère que c'est une blague. Sinon, je suis bonne pour brûler en enfer.

25 décembre

Dans la case crédit, c'est bon. Après ouverture des enveloppes, je déclare que j'ai assez pour le cache-cœur. Pour le pantalon, c'est tant pis. J'irai les fesses à l'air (mais les seins couverts). Jessica m'a offert un débardeur trop grand couleur putois, et Sophie un stylo de mémère. Je suppose que c'est normal.

Dans la case débit, ma déconfiture est totale.

– Oh! Une fée! a hurlé Sophie en déballant son ange.

Personne n'a osé la contredire et elle a passé la soirée à sourire à l'autre emplumé, comme si c'était Clochette en personne. Jessica a immédiatement glissé la croix bleue dans un anneau d'oreille, ce qui la fait ressembler à Madonna il y a quinze ans. Elle se trouve sublime, j'en ai peur.

Mamie juge les carillons splendides, parce que les cloches sont près du ciel (Papi n'a pas fait de commentaire). Quant à Maman, elle a serré le CD contre son cœur comme si elle réchauffait une couvée d'oisillons gelés.

– Du grégorien… a-t-elle soupiré.

– Du quoi ? j'ai fait, mais, dans l'enthousiasme général, personne ne m'a entendue.

Tout le monde est persuadé de ma dimension spirituelle. Je vais finir au couvent. Artisanat religieux, va au diable.

Je n'aime pas le boudin blanc, je n'aime pas la dinde, je n'aime pas la glace aux marrons. J'ai un peu mal au ventre. Je suis ruinée. Je suis incomprise. Je suis seule au monde. Et, dans une semaine, c'est le Nouvel An. Misère.

26 décembre

Le stylo fuit. Le débardeur est affreux. Par ailleurs, il n'y a plus de galettes de riz dans le placard de la cuisine. À la place, quelqu'un a acheté des sablés bretons (six paquets en promotion). Des sablés bretons. Qu'est-ce que j'ai fait de mal ?

29 décembre

Il ne neige même pas. Il pleut.

30 décembre

Dieu n'existe pas. Ou alors Il se fout de moi.

JANVIER
Drame familial chez Lola

1er janvier

Au cas où vous seriez passé à côté de l'info: nous sommes en 2006. Le Nouvel An est passé. Dieu merci. La vraie question est: pourquoi les gens s'excitent comme des mouches, chaque année à la même date. Ils devraient le savoir, à force, que la soirée est interminable, le repas immonde, et que ça se termine toujours par la ronde des baisers. Qui a inventé ce rituel stupide? Qu'il se dénonce et qu'il s'explique. Quel intérêt d'embrasser en masse un tas de gens qu'on évite d'habitude d'embrasser séparément? Si encore on pouvait embrasser des types pris au hasard dans la rue... Mais sa famille... Sa propre famille... Est-ce que ce n'est pas un peu malsain? Une chose est sûre: il était super orphelin, l'inventeur des baisers du Nouvel An. Et fils unique. J'ai vaguement essayé de snober le truc, mais il faut croire que je ne suis pas assez snob. Je n'ai pas réussi à éviter mes parents, ni mes grands-parents. On ne peut pas fuir toujours des ascendants totalement décidés à vous embrasser. Au bout d'un moment, le plus avantageux est encore de fermer les yeux et de se laisser faire. Pour mes sœurs, c'était plus simple. Elles se sont tenues soigneusement à distance. Difficile de considérer ça comme une victoire. Mes sœurs refusent de s'approcher de moi. Elles me haïssent, c'est tout. J'aurais peut-être aimé les embrasser, qui sait? Je n'ai pas eu l'occasion de vérifier. C'est triste.

2 janvier
Je me sens molle. J'ai rêvé de poissons toute la nuit. Je me demande ce que ça veut dire.

3 janvier
Résolutions:

– Faire quelque chose avec mes cheveux. Je ne sais pas encore quoi, mais faire quelque chose (les laisser pousser, c'est encore le moins cher).

– Me faire aimer de mes sœurs qui me détestent.

– Découvrir ma passion dans l'existence et travailler dur pour réaliser mon rêve.

– Commencer ma vie amoureuse, même si elle doit être courte et malheureuse.

– Arrêter de me vautrer devant la télé en semant autour de moi des miettes de galettes de riz et en gloussant comme une otarie.

La dernière résolution est en bonne voie. Il y a pénurie de galettes de riz. Et qui veut se vautrer en semant autour de lui des miettes de sablé breton? Personne. La miette de sablé est grasse et collante. Laissez tomber.

4 janvier

Je suis complètement déprimée. Mes cheveux sont minables à jamais car leur nature est minable. Mes sœurs me détesteront toujours parce que moi je ne les aimerai jamais. Quant à ma vie amoureuse, laissez-moi rire. Pour une fille complètement inhibée dans mon genre, la seule solution consiste à passer une petite annonce: «Jeune fille seule comme un rat, affligée d'un physique monstrueux et d'une famille ennuyeuse, certainement athée, probablement lesbienne, détestant la terre entière, cherche jeune homme pour l'aimer à la folie...»

Qui a inventé les résolutions du Nouvel An? Le frère jumeau de l'inventeur des baisers du réveillon, sûrement.

5 janvier, matin

Je recommence tout à zéro: vive le Nouvel An! Vive lui, sa dinde infecte et ses baisers miasmeux!

Jamais vu de ma vie une année démarrer aussi bien. Je la fais courte : pas de collège pour moi, je suis atrocement malade. Le médecin a été définitif : c'est une gastro, ma petite, je vous signe le certificat pour le collège. Une gastro... Merci, mère admirable, je t'embrasse quand tu veux. En attendant, je reste au lit, je me gave de télé, je suçote d'affreux sablés bretons et je fais l'otarie. La belle, la vraie, la vie.

5 janvier, midi
Je sais pourquoi je suis nulle en maths (et en histoire, et en français, et même en gym). Ils viennent de l'expliquer, à la télé. Je suis surdouée. C'est aussi bête que ça.

5 janvier, goûter
Résumé du reportage : contrairement à ce que pensent les gens qui n'y connaissent rien, les surdoués ne sont pas super forts en cours. Pas du tout. Ils sont même super nuls. Pourquoi ? Parce qu'ils sont tellement intelligents qu'ils s'ennuient. Ils se désintéressent. Ils roupillent. C'est exactement mon cas. Je dirais même que, pour m'ennuyer comme je m'ennuie, je dois être sur-surdouée. Il faut que

j'avertisse les parents. Les pauvres, ils vont se sentir soulagés d'un coup.

5 janvier, au soir

Si ma fille m'annonçait, à moi, qu'elle est surdouée, je serais hyper réceptive. Je la féliciterais, je l'entourerais d'amour, et je lui ferais faire le tour de tous les concours et jeux télévisés possibles, pour qu'elle se fasse un peu d'argent de poche. Je la valoriserais. Tout l'inverse de ce qui se fait chez moi. L'annonce de ma surdotation a laissé mes parents de marbre. J'ai proposé qu'on m'inscrive au moins dans une école spécialisée, adaptée aux cas de mon espèce.

– Arrête de parler sans arrêt, a remarqué ma mère. J'ai travaillé toute la journée. Je n'ai pas la patience d'entendre des imbécillités quand je rentre chez moi…

– Mais…

– Tais-toi, a fait mon père. Laisse ta mère tranquille.

– Je voulais juste vous avertir. C'est pour rendre service…

– Tais-toi ! Et file *immédiatement* dans ta chambre !

Mon père a une façon de dire « immédiatement » qui ne laisse pas beaucoup de place à la négociation.

Je serais curieuse de savoir s'il parle sur ce ton aux clients qui lui déplaisent. À mon avis, non. À mon avis, il s'écrase. Et tout retombe sur ses enfants. Un père qui travaille dans un grand hôtel, c'est un peu comme un père alcoolique. Les enfants trinquent. J'ai filé dans ma chambre, évidemment. Le jour où j'aurai une fille, moi, je l'écouterai. Merci à mes parents de me donner le contre-exemple. C'est tout ce que j'ai à dire.

9 janvier
Les meilleures choses ont une fin. Je suis guérie. Retour au collège. Maths (deux heures), français (deux heures), histoire (une heure), anglais (une heure), SVT (une heure). Chaque heure dure mille ans. Soit cinq mille ans pour la journée. Je ne souhaite à personne d'être surdouée.

12 janvier
Étant donné que l'effet du piercing commence à s'user (en gros, tout le monde s'en tape), Jessica a décidé de se mettre du gras sur les cheveux. C'est peut-être une forme de rébellion dans les pays lointains. Qui sait ? Jessica étant particulièrement rebelle, elle a opté pour le gras de bœuf. Ma sœur aînée

porte un masque capillaire à la viande. Sur la tête. Elle dit que ça nourrit les cheveux. Comme s'il fallait donner à manger à ses cheveux… Je crois que c'est de la provocation. Ma mère ne dit rien. Chez moi, il vaut mieux parader dans la cuisine couverte de gras de bœuf qu'être surdouée.

13 janvier

Je me suis regardée dans la glace. Je crois que mes cheveux sont anorexiques.

14 janvier

Le gras de bœuf, c'est un conseil de Mamie. Il y avait longtemps qu'elle n'était pas intervenue dans la vie familiale. Elle se rattrape. Vu la petite frisure jaune paille qui lui couvre le crâne, à la place de Jessica, je me méfierais. Enfin… il paraît que c'est bio. Pas de conséquence sur l'effet de serre. Me voilà rassurée.

15 janvier

Quand j'en ai marre de me regarder dans la glace de la salle de bains, je me parle. Je m'explique devant les journalistes de la télé. Je leur dis que c'est très dur pour moi, vu le contexte familial. Ils s'étonnent de mon courage et, comme je ne veux pas frimer, je leur dis que ce que je fais, tout le monde peut le faire. Ensuite, quelquefois, j'esquisse quelques mouvements de danse. À la fin, Jessica tambourine à la porte et elle appelle les parents pour qu'ils m'obligent à sortir. Les journalistes sont super déçus. Au prochain interview, je leur parle de l'effet de serre.

20 janvier

Vite, petit journal, viens ici que je te confie une information de la plus grande importance : Lola vient de m'appeler, son père a une petite amie… Il a fallu que je lui remonte le moral pendant un bon moment. Heureusement que c'est elle qui appelait. Mes notes de téléphone ne sont pas inépuisables.

Une petite amie ! Je rêve ! Un homme qui a au moins quarante ans ! Pauvre Lola… Dans sa situation, je crois que je sauterais par la fenêtre. Si mon père m'annonçait qu'il avait rencontré une fille… Ou, pire, si ma mère avait un fiancé ! L'horreur… C'est bien la première fois que je les remercie d'être restés ensemble, ces deux-là. Au moins, on n'a pas à entendre parler de leurs histoires d'amour. Lola est dégoûtée. Je lui ai juré que moi aussi. En fait, je suis surtout curieuse. À quoi elle peut ressembler, c'est la question. Je suppose que c'est une vieille petite amie. Avec rides intégrées.

22 janvier

Je l'ai vue ! J'ai retrouvé dans mon placard un vieux pull que m'avait prêté Lola et je suis passée le lui rendre. Quand j'ai sonné, c'est la petite amie qui m'a ouvert la porte. Quel culot ! Elle n'est même pas chez elle et elle ouvre la porte aux invités... Enfin, il fallait bien qu'elle ouvre parce que Lola ne veut plus sortir de sa chambre. Quand je suis entrée dans son terrier, elle était allongée sur son lit et elle regardait le plafond.

– Tu as vu comme elle est moche ?

– Oui. (Pour dire la vérité, elle n'est pas si moche. Un peu vieille, c'est sûr, mais pas complètement périmée.)

– Tu as vu comme elle est méchante ?

– Oui. (En fait, elle avait un sourire plutôt gentil, un peu timide même.)

– Tu as remarqué qu'elle se croit tout permis, exactement comme si elle était chez elle ?

– Dans un sens, puisque tu ne veux plus sortir de ta chambre, elle est bien obligée d'aller ouvrir...

– Bien fait pour elle. Et tu veux savoir le pire ?

– Vas-y.

– Elle a un fils…

– Et alors ?

– Alors, il a quinze ans, espèce d'idiote !

Je crois que j'ai ouvert de grands yeux remplis d'espoir. Je crois que j'ai souri bêtement. Je crois que j'ai répété « quinze ans » avec une voix tremblante. Je crois que j'ai été en dessous de tout.

– Tu l'as rencontré ?

– Oui. Il est grand, bête et prétentieux. Comme sa mère.

– Tu crois que je pourrais le voir, moi aussi ?

Lola m'a regardée avec fureur. Si ses regards avaient pu lancer des flammes, j'aurais fini grillée.

– Tu peux. Mais je te préviens. D'abord, il est immonde. Ensuite, tu ne peux pas sortir avec lui.

– Et pourquoi ?

– Parce que ma voisine d'en face ne peut pas tomber amoureuse du fils de la petite amie de mon père… C'est répugnant.

23 janvier

J'ai rêvé du fils de la petite amie. C'était un poisson et il avait une moustache. Je me demande ce que ça veut dire.

26 janvier

Je l'ai vu ! À force de sonner chez Lola (environ cinquante fois par jour), j'ai fini par tomber dessus. Il était assis dans le canapé du séjour. Il lisait une bande dessinée. Je ne lui ai pas dit bonjour, par respect pour Lola. Je suis passée devant lui sans détourner la tête. Mais j'ai des yeux très mobiles. Il est tout simplement sublime. Grand, brun, pâle, sublime. C'est la première résolution de l'année qui réussit : ma vie amoureuse a commencé. Comme prévu, elle risque d'être aussi courte que malheureuse. Lola m'interdit de lui parler, de lui sourire, de le regarder. Elle a même refusé de me dire son prénom. C'est tragique.

27 janvier

J'ai rêvé de poissons toute la nuit. Sublime inconnu, je t'aime à la folie. Comment te le dire ? Je pourrais peut-être apprendre le langage des signes…

FÉVRIER
Sous le signe du désastre

1er février

Ma vie est un conte de fées. Je vois un type. Il disparaît. Je ne connais pas son prénom. Pas son nom. Pas son adresse. J'attends qu'il me retrouve. Mes chances sont nulles. Peut-être avec une peau d'âne écorché sur le dos ?

Qui peut me présenter un âne ?

2 février

En ce qui concerne ma carrière scolaire, je crois que je ferais aussi bien de travailler dans une porcherie. Travail immonde. Résultats immondes. Solitude immonde. Remarques immondes à longueur de journée. Il ne me manque que l'immonde peau d'âne mort et le seau pour ramasser les crottes.

3 février

L'avantage de Peau d'Âne, c'est d'être fille de roi. Mon père fait portier dans un hôtel. Socialement, ça réduit mon champ de manœuvres. D'un autre côté, même portier, je n'ai jamais eu l'impression qu'il envisageait sérieusement de m'épouser. Vu que ma mère a survécu à sa gastro, j'aime autant. J'ai bien une marraine, une copine de ma mère un peu hors d'âge. Mais je suppose que, si elle était fée, même à moitié, elle commencerait par se trouver un mec à elle.

Lola ne m'a pas appelée depuis trois jours.

4 février

Si la déception amoureuse ne me tue pas avant, il est probable que mon bulletin m'aura à la fin du mois. Si je n'en meurs pas, je pourrai peut-être entrer dans le *Livre Guiness des Records*. Le plus mauvais bulletin de l'histoire universelle du bulletin. À ce niveau, être nulle, c'est presque une gloire. Quand un prof me rend ma copie tartinée de rouge, j'ai l'impression qu'il n'est pas loin de m'admirer. Il lève le sourcil, il a une sorte de sourire. Il pose délicatement la copie sur ma table et retourne à son bureau (forcément, je suis la dernière, après moi, c'est le bureau). Le tout sans un mot. Conclusion : tant de nullité lui coupe le sifflet. Il m'admire, quoi.

4 février au soir

À propos d'âne, ce n'est pas la peau que je vais

avoir. C'est le bonnet. Parfait. Quel prince charmant voudrait d'une fille qui porte un chapeau poilu avec des oreilles? Avec les princes, apparemment, c'est toute la peau ou rien.

5 février

J'ai renoncé à mon honneur. J'ai appelé Lola. Elle a fait celle qui ne se doutait de rien. Elle m'a parlé de son père. De la vieille petite amie. De son collège. De son bouton sur le front. Du journal de vingt heures. Et pas un mot de qui vous savez, soit Merveille-Sans-Nom. C'est de la cruauté, je ne vois pas d'autre mot. Mais je ne lui ai pas donné le plaisir de m'aplatir devant elle. Je l'ai écoutée débiter ses stupidités. J'ai même rigolé. À la fin, j'ai raccroché. Je l'ai bien eue. Si elle voulait que je m'effondre, c'est raté. Quand je pense que j'ai cru qu'elle était mon amie... Idiote que je suis. Mais c'est fini, je ne l'appelle plus. Jamais. De ma vie.

10 février

Je n'ai plus envie de parler à personne. D'ailleurs, je ne parle plus à personne. Même plus à la glace de la salle de bains. Depuis cinq jours. L'effet est sidérant: personne ne s'en est rendu compte. À part toi, peut-être, vieux journal, mais comment savoir ? Je pourrais vivre seule dans une cabane au milieu des bois, ce serait pareil.

11 février

J'avais prévu une vie amoureuse brève. Mais à ce point, c'est supersonique.

11 février, plus tard

J'ai parlé au miroir de la salle de bains. Les journalistes s'inquiétaient à mort de mon silence. J'ai essayé de les rassurer, mais j'étais tellement énervée que j'ai abrégé l'entretien. Même moi, je me trouve moche. Pourquoi faut-il qu'on ait un nez ? Des cheveux ? Des genoux ? Où est l'imbécile qui a dessiné le prototype ?

12 février

On peut ruiner sa vie en moins de dix secondes. Je le sais. Je viens de le faire. Là, juste à l'instant…

J'arrive à la porte de l'immeuble, une modeste baguette dans une main et la modeste monnaie dans l'autre, quand Merveille-Sans-Nom surgit devant moi. Inopinément. À moins de cinq centimètres (il est en train de sortir et je m'apprête à entrer, pour un peu on s'explose le crâne, front contre front). Il pose sereinement sur moi ses yeux sublimes. Je baisse les miens illico, autant dire que je les jette quasiment sous terre, bien profond, entre la conduite d'égout et le tuyau du gaz. Sa voix amicale résonne dans l'air du soir :

– Tiens ! Aurore ! Tu vas bien ?

Je reste la bouche ouverte pendant environ deux millions de secondes, avant de me décider et de lui hurler à la figure :

– Voua ! Merdi !

Voilà ce que je crie avant de lâcher la porte qui se rabat férocement sur mon bras. Cette baguette stupide que je trimballe depuis la boulangerie se plie en deux comme une loque, l'un de ses moignons se laisse mollement tomber au sol, je me baisse pour le ramasser… lui aussi. Se passe alors cet événement inouï, incroyable, immense : *nos* doigts, à *lui* et à *moi*, touchent *ensemble* le *même* moignon de la même baguette. Je suppose que n'importe quel dindonneau au monde en aurait profité pour faire quelque chose. Je ne dis pas me vautrer sur lui comme un goret en gémissant, non. Je dis un tout petit quelque chose. Lui frôler l'ongle de l'auricu-laire. Et qu'est-ce que je fais, moi ? Je dis :

– Laisse. C'est MA baguette.

Là-dessus, je me relève et je fonce vers mon escalier. Sans le moindre petit « Merdi ». Je me précipite dans l'escalier quand j'entends de loin, comme dans un cauchemar, venir jusqu'à moi la voix sublime de Merveille-Sans-Nom.

– Aurore ! Tu as oublié une miette !

12 février au soir

Un : Merveille-Sans-Nom connaît mon prénom. Deux : j'ai tout gâché. Trois : j'ai passé la soirée à pleurer. Dans un sens, on peut dire que ma vie amoureuse est pleine de rebondissements.

12 février dans la nuit

C'est fini. Je n'arrive même plus à dormir. Je suis un pou insomniaque à la surface de la terre. Je déclare mes adieux au monde. Je vais me réfugier dans le travail. Je ne vois rien de plus désespéré que le travail. La prison peut-être ? Coup de chance, j'ai ce qu'il faut sous la main. Contrôle d'histoire de demain. L'histoire, déjà, c'est mortel. En plus, une deuxième guerre mondiale, je ne vois rien de plus déprimant, dans le genre gros massacres ignobles. À nous deux, atroce Deuxième Guerre mondiale. Combien de millions de morts au compteur ?

13 février

Je suis dans un état bizarre. Il a fallu que le prof m'arrache la copie des mains à la fin de l'heure. Non seulement je savais répondre à toutes ses questions à la noix, mais j'en savais trop. Et maintenant que c'est fini, j'ai la tremblote et je ricane sans arrêt. À mon avis, le travail est malsain. Ou alors je n'ai pas assez dormi. Je comprends pourquoi Sophie a l'air cinglée la moitié du temps.

15 février

Seize. J'ai seize en histoire. Seize en histoire. Vous avez entendu ? Seize. Bon. J'ai seize. D'habitude, j'ai deux. Mais là, non, j'ai seize. Merveille-Sans-Nom, je n'ai qu'un mot à dire : merdi.

16 février

Dans le fond, l'histoire, c'est assez simple. Il suffit d'apprendre. Franchement, je suis un peu déçue. Je ne pensais pas que c'était si bête.

17 février

J'ai essayé le truc avec le contrôle de bio. Je veux dire : j'ai appris dans la nuit. J'ai même commencé un peu avant. Et ce matin, bingo. J'ai rempli ma feuille. Affolant. J'ai l'impression que je transpire d'une façon anormale depuis deux jours. Je vais me ruiner la santé, avec ce truc de travail. Je vais vieillir prématurément. J'aurai peut-être moins de boutons mais énormément de rides. Et Merveille-Sans-Nom n'y sera pour rien. Je finirai victime du travail.

20 février

– Tu ne devineras jamais qui m'a parlé de toi ?

– Je ne vois pas qui pourrait parler de moi. Je ne connais personne.

– Quelqu'un que tu as vu il n'y a pas longtemps…

– Ma mère ?

– Arrête de faire l'imbécile ! Un garçon !

– Ton père ?

– Marceau ! Il te trouve géniale, super drôle.

– Marceau ? Quoi, Marceau ?

– Le fils de ma belle-mère. Ne fais pas l'innocente, tu l'as rencontré chez moi.

– Je croyais qu'on n'avait même pas le droit de dire son nom…

– Laisse tomber. J'étais de mauvaise humeur. Bon, alors il t'a vue avec une baguette, ou je ne sais pas quoi, et il te trouve très marrante. J'ai pensé que ça te ferait plaisir de le savoir. Tu ne dis rien ? Tu pourrais dire quelque chose ! Ça fait des jours que tu n'appelles plus et, quand c'est moi qui t'appelle, tu fais la tête…

Qu'est-ce que vous auriez fait à ma place ? J'ai raccroché.

Lola m'énerve. Grave. C'est même fou ce qu'elle m'énerve. Elle me rend dingue.

21 février

Compte rendu de message numéro un : « Lola, c'est Aurore. J'ai un truc à te dire. Rappelle-moi. À toute. »

22 février

Compte rendu de message numéro deux : « Lola, ne boude pas, c'est le téléphone qui ne marche pas. Mon père a changé d'opérateur pour payer moins cher et depuis ça coupe tout le temps. J'attends à côté du téléphone. Bises. »

23 février

Compte rendu de message numéro trois : « C'est Aurore. Lola, il faut que je t'avoue que je viens de traverser une très grave dépression. Tu pourrais faire un petit effort pour me comprendre. »

27 février

Compte rendu de message numéro quatre: «Lola, si tu ne m'appelles pas, je crois que je vais réviser mon contrôle de maths, et là ce sera terrible parce que, vu le retard que j'ai, j'en ai pour toute la nuit…»

28 février

Je le dis à toutes les filles de la terre: ne perdez jamais confiance dans l'amitié. Lola n'a pas rappelé. Elle a sonné. Chez moi. Un peu avant 8 heures.

– Dépêche-toi, a-t-elle dit. Prends ton manteau, on va au cinéma.

– Mais mes parents?

– Ils sont d'accord. Il paraît que tu as eu un quinze en biologie. Tu peux sortir.

– Attends, je prends mon sac.

– Dépêche-toi, Marceau nous attend en bas.

– Qu'est-ce qui te prend? m'a demandé Jessica en me regardant sous le nez. Tu es toute rouge… On dirait que tu fais une allergie.

– Allergie toi-même, patate, j'ai répondu et j'ai claqué la porte.

Adieu, contrôle de maths. Adieu, travail nocturne. Adieu, rides précoces. Ma brillante carrière scolaire vient de prendre une grosse claque. Et ma courte vie sentimentale une petite rallonge. Et c'est ce soir.

MARS
Kiwi et testament

1er mars

Jamais passé une soirée aussi fatigante. J'étais presque contente quand j'ai pu quitter ma meilleure amie et son espèce de beau-frère. Je me demande si je ne préfère pas deux heures de contrôle d'histoire. Au moins, le contrôle, quand il est raté, on le sait tout de suite.

Heureusement que nous sommes allés au cinéma. Dans le noir, personne ne remarque vos cheveux moyens, votre peau moyenne, vos yeux moyens. Personne ne veut que vous fassiez la conversation. Personne n'attend que vous soyez drôle et intelligente. Au cinéma, tout le monde se fiche que vous soyez la personne la plus moche et la plus inintéressante du monde. Tout ce qu'on vous demande, c'est de vous asseoir et de vous taire. Je devrais passer ma vie dans les salles obscures.

À condition de ne pas acheter d'affreux popcorn collants. J'ai renversé mon cornet dans mon fauteuil avant même d'avoir enlevé mon manteau. Pas question d'attirer l'attention en me lançant dans un grand nettoyage. Je me suis assise stoïquement dans un nid tiède et sucré. Et je n'ai plus bougé de la séance. Chaque fois que je remuais une fesse, je sentais un pauvre pop-corn s'incruster dans mon pantalon. Le pop-corn qu'on écrase sous la fesse craque avec un horrible petit bruit. On dirait qu'il crie.

Quand les lumières se sont rallumées, j'avais le derrière constellé de maïs éclaté. J'ai remis mon manteau pour cacher les dégâts et nous sommes sortis dans l'anonymat le plus complet. Les pop-corn se sont progressivement détachés sur le chemin du retour. Je les semais derrière moi au rythme de mes pas. Par chance, les pigeons ne m'ont pas repérée. Je n'aurais pas supporté d'avancer au milieu d'une nuée hystérique de volatiles crasseux.

– On va boire un pot ? a proposé Marceau.

Je suppose qu'il voulait se montrer aimable avec Lola. Ce n'est pas le charme de ma conversation qui pouvait lui donner des idées. Je n'avais pas ouvert la bouche de la soirée. Trop peur de dire une bêtise. De faire une gaffe. De commettre le lapsus irréparable. « Merdi beaucu, mon cher Marteau. » C'est si vite arrivé.

– Allez-y sans moi, ai-je soufflé entre mes dents

tandis que les pop-corn pleuvaient mollement autour de moi. J'ai un contrôle de maths à réviser.

– Quoi ? a fait Lola, les poings sur les hanches, la tête sur le côté, les sourcils froncés (elle fait très bien Columbo quand elle veut).

J'ai serré les lèvres et agité les bras comme si j'avais l'intention de m'envoler direct, là, sur place.

– Si elle a du boulot... a remarqué Marceau. On ferait pareil à sa place. Tant pis, ce sera pour une autre fois.

J'ai encore vaguement bougé la tête en signe d'au revoir et j'ai filé. Ils m'ont regardée partir sans faire un seul geste pour me retenir. Je me suis empêchée de courir. M'étaler de tout mon long aurait fait mauvaise impression, sans compter l'effet pop-corn. Total, je suis revenue chez moi dans un état de dépression intense.

– Déjà ? a fait ma mère en me voyant entrer.

– Pitié, ai-je dit et je me suis enfermée dans ma chambre.

Je n'avais plus qu'une chose à faire. Et je l'ai faite Réviser.

2 mars

C'est vérifié : je préfère le contrôle de maths. Au

moins, on ne vend pas de pop-corn à l'entrée. Si j'ai bien compté, je dois dépasser la moyenne. Pas de beaucoup, mais quand même. Ma vie amoureuse est un marécage. Mais j'aurai dix en bonus de consolation. Franchement, ce n'est pas comme ça que je voyais mon avenir. Je suis maraboutée.

3 mars

Il y a quelque chose qui ne va pas chez moi. Ils sont tous devenus très gentils d'un seul coup. Ils me regardent avec des sourires un peu tristes. Ils me parlent aimablement. Maman ne me demande pas de débarrasser la table. Même Papa m'appelle « ma chérie » chaque fois qu'il me croise dans le couloir. On dirait une secte de possédés. J'ai l'impression de vivre dans un film d'horreur. J'ai peur de sortir de ma chambre. Peut-être qu'ils projettent de me bouffer.

4 mars

Jessica m'a offert sa palette d'ombres à paupières.

– Les couleurs sont jolies. Et ça agrandit les yeux.

Je veux bien croire que tout ça part d'un bon sentiment. Mais la vérité est que j'ai les yeux tout petits. Merci, Jessica.

5 mars

Douze en maths. Bizarre. Ça ne me fait même pas plaisir. Heureusement qu'il y a Sophie pour se réjouir. Tout ce qui concerne les maths ou Ancelin, de près ou de loin, a le don de la transporter. Heureuse nature. Je ne peux pas dire que je n'aime pas mes sœurs. Mais elles sont différentes. Elles pourraient être martiennes. Parfois, je me dis que j'aurais préféré avoir un chien. Est-ce que des parents se posent ce genre de questions ? « Pour l'année prochaine, chéri, à ton avis, une fille ou un chien ? »

10 mars

Columbo ne m'appelle pas. Je suppose que je ne suis pas un cas assez intéressant pour elle.

11 mars

Treize en géo. Mes parents sont de plus en plus bizarres. Ils me fixent pendant des heures avec d'étranges demi-sourires. Chez moi, c'est « Le village des damnés ». Tout à l'heure, à table, devant toute la secte rassemblée, mon père m'a proposé – tenez-vous bien – une Augmentation d'Argent de Poche. Le truc qui n'arrive jamais. Les deux martiennes n'ont même pas protesté. Elles ont hoché la tête. Comme si tout était normal. Je suis en train de basculer dans une autre réalité, c'est clair. J'ai frémi, mais j'ai dit oui. On ne sait jamais. Autant en profiter maintenant. Si jamais ils se décidaient à redevenir normaux.

12 mars

Pourquoi suis-je allée au cinéma ? Pourquoi me suis-je assise dans les pop-corn ? Pourquoi ai-je refusé de prendre un verre après ? Pourquoi je n'appelle pas Lola ? Pourquoi suis-je nulle et moche ? Pourquoi l'ombre à paupières qui va si bien à Jessica me transforme en Marilyn Manson ? Pourquoi ce type s'appelle Marceau (je n'arrive pas à penser que c'est un prénom, avant je croyais que c'était une avenue) ? Une fille qui ressemble à Marilyn Manson peut-elle prononcer sans rire «Je t'aime, Marceau» ? Est-ce que Dieu existe et, si oui, est-Il au courant que j'existe aussi ?

13 mars

Samira n'est pas très sûre que Dieu existe. Mais, s'Il existe, elle est certaine qu'Il n'est pas au courant de grand-chose.

– Ça t'arrive d'écouter les infos ? m'a-t-elle demandé.

– J'ai arrêté. C'est trop flippant.

– Tu vois bien... S'Il était au courant, ça se saurait. Il y a longtemps qu'Il nous a zappés. À mon avis, Lui aussi, Il trouve les infos flippantes.

J'aime beaucoup discuter avec Samira. Dommage qu'elle soit déprimante. Je lui ai posé la question de confiance.

– Samira, qu'est-ce qui est mieux ? Être bête et heureuse, ou intelligente et malheureuse ?

– Je refuse les questionnaires fermés, a fait Samira.

– Réponds quand même...

– Il y a un tas de gens complètement idiots et très malheureux. Et méchants, en prime. Ça te va comme réponse ?

J'ai dit oui, bien obligée. Mais j'aurais préféré qu'elle réponde à ma question. J'ai assez peur de faire partie des gens intelligents et malheureux. Si seulement je pouvais sortir avec Marceau, je me ficherais bien d'être complètement idiote.

15 mars

Je n'ose pas penser à mon bulletin. Au rythme où ça va, il finira par ressembler à celui de Sophie. Une chose est claire : je ne suis pas du tout surdouée. La preuve, je m'ennuie de moins en moins en cours.

L'autre preuve : je réussis parce que je travaille. Un jour, je serai peut-être même contente d'aller au collège. Je suis une fille normale, c'est atroce.

16 mars

C'est mon anniversaire. J'ai eu un gâteau à la mousse de kiwi couvert de cire de bougies, un bracelet en argent que je ne mettrai jamais, une pochette de papier à lettres que je n'écrirai jamais, un pendentif en forme de poisson (sacrée Sophie, elle est capable de l'avoir *payé*), et un sac à dos rose pour aller au collège. Qui va au collège avec un sac à dos rose ? C'est le problème. Tout le monde a chanté «Joyeux anniversaire», même Papi, et bien sûr c'était faux limite insoutenable. Visiblement, le ridicule tue partout, sauf en famille. Le seul avantage de mon anniversaire, c'est qu'au moins je ne suis pas obligée de chanter. De toute façon, je n'avais pas envie de chanter. J'avais envie de mourir. J'ai pensé à Marteau toute la soirée. Quand la chorale familiale s'est mise à brailler, j'ai décidé de faire mon testament.

– Tu n'as pas l'air contente, a remarqué ma mère, qui aurait dû faire des études de psychologie.

– J'ai envie de mourir, c'est ce que j'ai répondu (c'est aussi ce que je pensais).

– Ça fait plaisir, a dit ma mère.

J'aurais pu mourir sous ses yeux, elle aurait continué à prendre son petit air dégoûté.

– On organise le dîner pour te faire plaisir, et tu nous tires la tête toute la soirée.

– Je ne vous ai rien demandé.

– Va te coucher ou je t'en colle une, a dit mon père.

– À quoi ça sert que j'aie de bons résultats au collège, je me le demande voilà ce que j'ai lancé en quittant la pièce.

– Ça ne te donne pas tous les droits…

Je ne sais pas ce qu'il a dit ensuite parce que j'étais enfermée dans ma chambre. Je ne vais pas passer ma vie à écouter des commentaires désagréables. Surtout le soir de mon anniversaire. Pour des gens qui voulaient soi-disant que je passe une bonne soirée, ils ont vraiment réussi à pourrir l'ambiance. La mousse de kiwi avait une drôle de couleur. Manger de la mousse verte, on dira ce qu'on veut, ce n'est pas hygiénique. Je crois que je vais être malade.

17 mars

Je suis malade. Tout le monde fait comme si je n'avais rien. Je suppose que, passé un certain âge, plus personne ne s'occupe de vous. Même vos parents laissent tomber. À part essayer de vous empoisonner, ils ne lèvent plus le petit doigt pour vous.

18 mars

Je lègue mon bracelet en argent à Samira.

Je lègue un sac à dos rose jamais porté à ma sœur Sophie.

Je lègue sa palette d'ombre à paupières à ma sœur Jessica, ainsi que la petite montre noire qu'elle croit avoir perdue et qui est cachée dans le deuxième tiroir de mon bureau sous le papier à lettres.

À condition qu'ils le retrouvent, je n'arrive pas à remettre la main dessus, je lègue à mes parents un pendentif nain en forme de poisson.

Je lègue ce journal à Lola, qu'elle se charge de le faire publier et qu'elle verse tout l'argent à Greenpeace. Inutile de pleurer, Lola, tu l'as bien cherché.

20 mars

Columbo m'a appelée. Elle avait sa voix des mauvais jours.

– Tu te souviens de Marceau ?

– Qui ?

– Ne fais pas semblant, imbécile.

– Le type dont on n'a pas le droit de dire le nom?

– Il m'a demandé ton numéro de téléphone. Je te préviens. Si tu sors avec lui, je te tue.

– Mais c'est presque ton frère…

– Justement. C'est mon frère. Si tu sors avec mon frère, je te tue.

Elle avait l'air tellement à cran que je n'ai pas osé lui demander pourquoi elle avait donné mon numéro. Après tout, si elle ne veut pas qu'il m'appelle, elle planque le numéro. Mais non. Une fois de plus, il faut que tout me retombe dessus. Ce type va m'appeler (peut-être). Je vais devoir l'envoyer sur les roses. C'est pire que Roméo et Juliette. J'adore. Je ne crois pas que je vais travailler ce soir. Je crois que je vais plutôt réfléchir. Bête et heureuse: comment on fait?

22 mars

Ça fait deux jours que je vis collée à côté du téléphone. Le seul appel personnel que j'ai eu l'honneur de décrocher venait de Mamie.

– Ma chérie, a-t-elle dit, ta vie est en train de changer.

Qu'est-ce qu'on peut répondre à ce genre d'ânerie ? Rien. J'ai laissé passer un grand blanc.

– Tes parents sont inquiets, tu sais. Heureux de tes progrès en classe. Mais inquiets pour toi. Tu manges normalement ?

– Oui.

– Donc, ce n'est pas l'anorexie. C'est ce que j'ai expliqué à ta mère.

– Et qu'est-ce que tu lui as dit d'autre ?

– Que tu étais amoureuse, ma chérie. Je ne vois pas d'autre raison…

Elle a eu un petit rire stupide et j'ai raccroché. Direct. Tant que ma grand-mère à demi folle encombre la ligne, aucun amoureux au monde ne risque de me téléphoner. Amoureuse, moi ? C'est à mourir de rire. J'ai bien le droit de vivre ma vie à côté du téléphone si ça me plaît. Je n'ai pas à supporter les conversations incohérentes de vieillards quasi gâteux.

AVRIL
Le grand rendez-vous

1er avril

Rien. Pas la moindre petite blague. Les traditions se perdent. C'est triste. Si une créature au monde, une seule, m'aimait seulement assez pour m'accrocher un poisson de papier dans le dos, je m'estimerais heureuse. Mais non. Je n'attire l'attention de personne. Personne n'a envie de se payer ma tête. Personne ne me téléphone. Je suis transparente.

2 avril

Retour sur image. Je me suis baladée toute la journée d'hier avec une morue vert pomme collée sur la fesse gauche. Je présume qu'un être humain au moins a trouvé ça drôle. Sans vouloir casser l'ambiance, je n'ai qu'un mot à dire : c'est désolant.

3 avril

Je me demande quel genre de personne dépourvue d'intelligence et de goût possède à la fois :

– du papier vert pomme ;

– assez de temps pour y découper des simili-poissons en forme de suppositoires.

7 avril

Le téléphone ne sonne pas. Il ne sonne pas à un point étonnant. Il ne sonne jamais. Je suis obligée de vérifier dix fois par jour que la ligne n'est pas en dérangement. Je décroche discrètement, j'écoute la tonalité, je raccroche. Le téléphone n'est pas cassé. Il ne sonne pas simplement parce que personne n'a envie de m'appeler.

9 avril

Deux appels aujourd'hui. Ma grand-mère, qui est malheureusement une femme vieillissante obsédée par les amours des gens plus jeunes qu'elle. Ma future ex-meilleure amie Lola, qui fait semblant d'ignorer qu'il y a un numéro de téléphone masculin entre nous. Sous des prétextes humanitaires (« Tu vas bien, ma chérie ? »), les deux appels concernaient en fait ma vie amoureuse. J'ai donc pu faire circuler cette information essentielle : néant. Je ne comprends pas pourquoi les gens s'intéressent comme des malades à la vie sentimentale des autres. Et, quand ils en ont fini avec les amours de leurs voisins, de leurs amis, de leurs enfants, ils se jettent comme des vautours sur les aventures d'inconnus qu'ils ne rencontreront jamais, Brad Pitt-Angelina Jolie et toute la clique des vedettes de magazine. Soyez sympa, les gens ! Oubliez-nous ! Laissez-nous vivre !

12 avril

Vacances à la fin du mois. Si j'avais des parents riches, j'irais apprendre le ski nautique à Ibiza. Si j'avais des parents divorcés, j'irais passer une semaine chez l'autre. Si j'avais des parents enseignants, j'irais faire un séjour linguistique en Angleterre. Mes parents sont plutôt pauvres, plutôt conjugaux et pas du tout enseignants. Je vais rester vissée chez moi. Il y aura bien une sortie au centre commercial, une après-midi piscine et une soirée crêpes en famille. Trop de bonheur.

14 avril

Je me souviens vaguement qu'il y a très longtemps de cela un garçon avait demandé mon numéro de téléphone à l'une de mes amies. Il n'a jamais appelé et j'ai fini par oublier son nom et son visage. Je suis restée seule, ce qui m'a donné l'occasion d'améliorer mes résultats scolaires et de me vautrer dans le désespoir. J'ai fini mon existence célibataire, brouillée avec ma famille et fâchée avec mes amis. Je devrais écrire l'histoire de ma vie. Je connais un tas de gens qui adorent les histoires réalistes et lamentables. Je la publierais et je la vendrais à des millions d'exemplaires. Je finirais ma vie seule mais riche, ce qui est toujours mieux que la finir seule et pauvre. Bon sang, Marceau, puisque c'est malheureusement ton nom, POURQUOI TU N'APPELLES PAS ?

15 avril

– Si tu veux un téléphone portable, tu te l'achètes. (Réponse de mon père.)

– Avec quel argent ? (Question de moi.)

– Tu fais des économies sur ton argent de poche (Mon père.)

– C'est une blague ? (Moi.)

– … (Mon père.)

Si j'avais un portable, ma vie serait bouleversée. Les gens n'osent pas m'appeler parce qu'ils ont peur de tomber sur mes parents. Je peux les comprendre. En attendant, ce n'est pas avec ce qu'on me donne que je vais payer l'abonnement.

16 avril

Sophie a du papier à lettres vert pomme. Je l'ai trouvé dans le tiroir de son bureau. Le hareng sur la fesse, c'est elle.

– Tu fouilles dans mes tiroirs ?

C'est tout ce qu'elle a trouvé à me dire quand j'ai brandi sous son nez la preuve de sa mesquinerie. Quel culot elle a, c'est stupéfiant. Les sixièmes qui portent des lunettes, des cartables Titeuf et des seize en maths se croient au-dessus des lois, c'est clair.

– Je cherchais une gomme, figure-toi.

– Alors, c'est toi ? Les feutres rouges ? Le compas ? Le papier calque ? Quand tu perds tes affaires, tu te sers dans les miennes ? Maman ! Aurore n'arrête pas de fouiller dans mes tiroirs et de prendre dans mes réserves…

J'étais partie pour avoir une petite explication amicale et cette andouille s'est mise à pleurer en appelant sa mère. J'ai préféré abréger ses souffrances, je l'ai plantée là. De toute façon, mon procès était perdu. Comme juge, cette mère est complètement nulle. Je suis condamnée d'avance. Autant s'évader avant la sentence.

Le problème de l'évasion, c'est qu'il ne suffit pas de claquer la porte. Il faut savoir où aller une fois qu'on est dehors. Quand je sors de chez moi en fin de journée, à moins de traîner dans les rues, je n'ai pas trente-six solutions. Je vais sonner chez Lola.

Elle m'a ouvert. Elle n'a pas eu l'air surpris. Elle a même souri, comme si elle était contente.

– Ça fait longtemps, a-t-elle dit.

– Si on regardait des idioties à la télé ? ai-je dit.

– Bonne idée. Regarder des idioties toute seule donne le cafard.

On s'est glissées sous la couette. J'ai attrapé la télécommande et j'ai allumé la télé. Le programme était tellement idiot qu'on n'avait même pas besoin de le regarder. C'était comme si on l'avait déjà vu cent fois. Je me suis sentie mollir, je me suis sentie bien.

– Tu devrais appeler Marceau, a fait Lola. Il t'aime bien.

– Je croyais que tu lui avais donné mon numéro.

– Il me l'a demandé.

– Et alors ?

– Il m'énervait. Je voulais réfléchir un peu, avant.

– Mais tu m'as dit que tu lui avais donné…

– C'est presque pareil. Je voulais le faire, mais pas tout de suite.

– Tu m'as menti.

– Non. J'ai exagéré.

J'aurais dû lui envoyer une claque, j'aurais dû crier et l'insulter. Mais j'ai éclaté de rire. J'ai ri si fort que de grosses larmes me sont sorties des yeux. Du coup, Lola a ri aussi. Nous étions comme deux nouilles à hurler de rire en nous roulant sous sa couette. Un ahuri déguisé en clown se couvrait de ridicule sur l'écran en face de nous, mais il n'avait rien de drôle. C'était nous, nous et nos histoires à la noix, nos embrouilles ridicules, qui étions désopilantes, irrésistibles, incroyablement comiques.

– Tiens, a dit Lola en me passant le téléphone qui est installé sur sa table de nuit. Je te fais le numéro et je te le passe.

– Vas-y, ai-je fait en m'essuyant les yeux. Mais ne me fais pas rire.

Lola a pianoté sur le clavier.

– Lola, juste un truc… Est-ce que j'ai le droit de le voir sans toi ?

Elle a tourné la tête vers moi et m'a regardée dans les yeux.

– Oui, mais tu me racontes tout.

Voilà comment, vautrée sous la couette avec ma meilleure amie, j'ai pris rendez-vous avec un garçon. En tête à tête. Pour la première fois de ma vie.

17 avril
Ma vie s'est arrêtée. Elle reprendra dans deux jours. 18 heures. En face du cinéma. Dans le café rouge. Celui qui fait le coin de la rue. Je ne savais pas qu'un garçon pouvait avoir une si belle voix au téléphone. Rien que sa voix, je l'aime. C'est affreux. Comment je vais faire pour lui parler ?

18 avril
Comment je m'habille demain ?

19 avril au matin
C'est fichu. J'ai un bouton, en haut à gauche, sur le front. Inutile de faire des efforts de costume. J'y vais en fille normale, habits normaux, chaussures normales, bouton normal. Au moins, on ne pourra pas me reprocher d'en faire trop.

20 avril
Sans vouloir me vanter, c'est fait. Tu m'entends, cher petit journal ? C'EST FAIT. Je ne dis pas que tout a été une partie de plaisir. Mais enfin, c'est

fait et c'est le principal. Je suis la petite amie d'un type assez grand et brun de cheveux qui s'appelle Marceau. Il m'a embrassée, moi, sur la bouche, dans la rue, devant la porte d'un immeuble, il me semble que c'est une preuve suffisante que nous sommes ensemble jusqu'à la rupture. Embrasser quelqu'un sur la bouche n'est pas l'exercice que j'ai préféré jusque-là dans l'existence, mais c'est un passage absolument nécessaire dans toute relation amoureuse. Va-t-il falloir que je l'embrasse chaque fois que nous nous voyons ? Je suppose que oui.

21 avril

– (Lola) Raconte !

– (Moi) Ben.. D'abord, on a bu un verre... Après, il m'a parlé de son collège et je l'ai écouté. Ensuite, il a mis sa main sur la mienne, direct. Du coup, je suis devenue toute rouge, j'ai eu très chaud et j'ai voulu rentrer chez moi. Il m'a ENCORE pris la main dans la rue, c'était affreux, tout le monde pouvait nous voir. À la fin, il m'a regardée au fond des yeux, comme s'il voulait me manger, ou fondre en larmes, c'était difficile de décider, il a avancé sa figure et il a posé sa bouche sur la mienne. Ploc.

– (Lola) Quoi « ploc » ? Il t'a EMBRASSÉE ?

– (Moi) En gros, oui. Je me suis appuyée contre la porte d'un immeuble, sous le porche, pour me cacher un peu. Et bon, le truc quoi. Après, une dame est sortie de l'immeuble avec sa poussette et deux enfants dedans et j'en ai profité pour partir chez moi en courant.

– (Lola) C'était bien ?

– (Moi) Franchement, je ne sais pas. C'était bizarre. Surtout dans la rue.

– (Lola) Tu l'aimes ?

– (Moi) Forcément, je l'aime. Mais je me demande si je vais arriver à l'aimer tous les jours.

– (Lola) Tu n'es pas obligée de le voir tous les jours.

– (Moi) Tant mieux. C'est plus facile d'aimer quelqu'un quand on peut penser à lui tranquillement.

– (Lola) Super, les vacances vont commencer, il part en colo. Tu vas pouvoir l'aimer tranquillement pendant quinze jours…

– (Moi) Quinze jours ? Il me manque déjà atrocement.

– (Lola) Dans un sens, tu l'aimes à la folie.

– (Moi) Dans un sens, oui.

MAI
L'affaire du traumatisme

1er mai

Fête du travail. Résultat : personne ne bosse. Quand même, faire des fêtes sous le seul prétexte qu'on a du boulot, c'est un manque de respect pour ceux qui n'en ont pas. Un jour, moi aussi je chercherai du boulot et personne ne voudra m'en filer. Ce jour-là, j'inventerai la fête du chômage : une fois par an, tous les chômeurs auront le droit d'aller bosser. Pas de raison que ce soit toujours les mêmes qui se marrent.

9 mai

Je n'ai pas franchement écrit pendant quinze jours. J'ai pris des vacances. J'ai pensé qu'il était de mon droit de prendre des vacances. Même les écrivains prennent des vacances, j'imagine, si on veut bien considérer que le reste du temps ils travaillent. Je ne vois pas pourquoi je n'aurais pas pris de vacances. Je n'ai manqué à personne. Personne n'est venu se plaindre. À se demander pourquoi je recommence.

Je pourrais aussi bien prendre des vacances éternelles. Personne ne verrait la différence. Pourquoi écrire dans un monde qui ne s'intéresse pas du tout à moi ? Voilà la vraie question. Les autres écrivains ne se la posent pas, parce qu'ils passent à la télé. Ils passent tard, mais enfin, ils passent. C'est déjà quelque chose d'énorme, quand on pense à tous les autres, les anonymes, qui n'y passent jamais, eux, à la télé.

10 mai

Allez, j'avoue. Je n'ai pas écrit pendant les vacances parce que je n'avais rien à dire. Je n'avais rien à dire parce que je n'ai rien fait. Je ne suis pas assez vieille pour recycler mes vieux souvenirs d'enfance moisis. Et je ne suis pas le genre de galérienne à décrire pendant des heures le papier peint de sa chambre.

12 mai

Marceau est rentré de vacances. Je le sais par Lola Elle est rentrée aussi. Forcément, ils ont passé la deuxième semaine ensemble. Dans la maison de famille de Mme Marceau. Maison de famille, je rêve. Je remarque que ma mère n'a pas de maison. Elle a juste une famille.

Il ne m'a pas encore téléphoné. Qu'il ne compte pas sur moi pour faire le premier pas. Je ne suis pas à son service.

Je note que nous nous sommes vus juste avant son départ. Au café, pour changer. Il a pris ma main droite dans les siennes. Il l'a gardée longtemps, sans bouger. Il la regardait fixement, comme si c'était un oiseau mort. Je l'ai laissé se vautrer dans la contemplation. Qu'est-ce que j'aurais pu faire d'autre ? Ma main était toute molle et toute recroquevillée. Quand j'ai senti les fourmis me courir dans l'épaule, j'ai retiré mon bras. Je suppose que c'est ça l'amour, prendre la main des gens et la fixer stupidement pendant des siècles. Je suis incapable de tomber amoureuse, c'est clair. Je ne me fais aucune illusion : je suis frigide. J'ai sûrement été traumatisée dans mon enfance. Mais par qui ?

Après la main, les lèvres. Je me suis un peu laissé bisouiller, j'aurais aussi bien pu m'évanouir de honte. On n'a pas idée de faire des échanges de salive dans les endroits publics, c'est antihygiénique et horrifiant pour les autres. Mais au moins, il n'a pas essayé de m'embrasser dans la rue. J'ai marché tellement vite qu'il aurait eu du mal. Je ne suis pas totalement contre les baisers, mais ce n'est pas non plus la peine d'exagérer. On n'est pas obligés de s'embrasser TOUT LE TEMPS sous prétexte qu'on sort ensemble.

13 mai

– Si quelqu'un téléphone pour moi, merci de répondre que je ne suis pas là.

Jessica m'a regardée bizarrement.

– Toi ? La fille qui vit collée à côté du poste ? Toi, tu ne veux pas répondre ?

– J'ai décidé d'arrêter. Je pense que ça mérite un peu de solidarité familiale.

– De toute façon, personne ne t'appelle, a dit Sophie.

Les individus très disgracieux sont quasiment obligés de se montrer odieux. C'est une loi psychologique. Ils compensent. Sophie, je te pardonne car je te plains.

14 mai

Pas le moindre appel. Mais je ne céderai pas. Je subodore qu'un certain Marteau passe ses soirées à pleurer à côté de son téléphone muet.

15 mai

Il pleut à torrent. Peut-être un nouveau déluge. Si

Marceau est dans l'Arche, je préviens que je ne monte pas.

16 mai

Quatre en maths, six en histoire, sept en bio. Quand le bulletin va arriver, je pourrai toujours essayer de dire qu'on est notés sur dix.

Tout le problème du travail, c'est que ça ne sert à rien. Sitôt qu'on arrête, on dégringole. Retour à la case départ. Exactement comme si on n'avait rien fait du tout. Résultat : autant ne rien faire du tout. Comme ça, personne n'est déçu.

16 mai, plus tard

Tout est de la faute de ce type qui ne pense qu'à embrasser goulûment les gens dans des endroits publics. Avant qu'il se colle à moi comme une ventouse, j'avais d'excellents résultats scolaires. Maintenant, je suis complètement démotivée. Frigide et démotivée, voilà ma vie.

17 mai

Parfois, j'aime aller au collège. J'aime voir les gens arriver en traînant les pieds, le blouson ouvert, le sac sur l'épaule, avec leurs petites figures mal réveillées. J'aime retrouver ceux qui me plaisent, les rejoindre, parler dans les couloirs. J'aime l'ambiance un peu embrumée, un peu excitée du matin, le bruit des chaises que l'on bouge, des sacs que l'on fouille, et ce gros silence qui retombe soudain, annonçant que le cours a commencé et que toute l'assemblée s'est rendormie. Cette impression agréable est nouvelle. Jusque-là, je n'avais jamais trouvé aucun plaisir à me rendre à l'école, puis au collège. Les seuls sentiments que je connaissais étaient la panique (au secours, je suis en retard), la peur (une fois de plus, je n'ai pas fait mon travail), l'ennui (encore toute une journée à tirer, c'est mortel). On dirait que les choses changent. J'ai fini par m'apercevoir que je ne suis pas toute seule dans mon cas. Que les autres sont plutôt marrants. Je suis peut-être frigide, mais je suis sociable. C'est nouveau. Dans un sens, la vie est belle (au moins à 50 %).

22 mai

– On dirait que le printemps te réussit, a lancé ma mère, devant mes sœurs, mes grands-parents et moi-même, alors que nous déjeunions d'un rôti-purée pour fêter normalement dimanche.

Elle avait son air réjoui et ce gros gant immonde qu'elle prend pour attraper les plats chauds et qui lui donne l'air d'avoir été amputée de l'avant-bras. Un genre de gant-prothèse. Quatre paires d'yeux se sont braquées sur moi, et j'ai eu envie de mourir, ou de la tuer, ou de lui faire avaler son gros gant immonde. Sophie me fixait avec curiosité, comme si ma mère était capable de donner une information importante et qu'il était possible d'en penser quelque chose. Jessica avait les yeux plissés de contentement. Elle se moquait de moi. Pas de problème. À sa place, j'aurais fait pareil. Mon pauvre grand-père me regardait parce que tout le monde le faisait, mais je sais qu'il attendait de pouvoir attaquer sa purée. Quant à Mamie, évidemment, elle pétillait, elle étincelait, elle jubilait. On lisait à livre ouvert sur son visage ravi, et ce visage disait : « Tout ce qui parle d'amour me concerne. »

Certaines personnes sont parfaitement dépourvues de tact. Étrangement, plus elles sont vieilles, plus elles en manquent. Une personne très jeune, un adolescent par exemple, est très sensible aux paroles et aux ambiances. Une personne plus âgée, sa mère par exemple, ou pire sa grand-mère, prouve régulièrement qu'elle possède un esprit lourd et épais, et qu'elle est incapable de sentir les nuances déplacées ou blessantes. J'imagine qu'on s'endurcit en vieillissant. Le cerveau, c'est comme les pieds, ça prend de la corne. Je ne dois pas être assez vieille. Je ne sais pas me défendre. Je suis obligée de répondre par l'attaque.

– Est-ce que quelqu'un à cette table est au courant que j'ai été abusée dans mon enfance ?

– Quoi ? a crié ma mère en agitant son gant au-dessus de la table.

Les yeux de Sophie se sont écarquillés. Jessica a cessé de rire. Mamie a perdu son bon sourire obsessionnel. Papi en a profité pour prendre un peu de purée.

– Oui, parce que j'ai besoin de savoir par qui, ai-je ajouté fermement, et dans quelles conditions.

Le silence est tombé sur la table comme une enclume. Si quelqu'un cherche à faire de l'effet dans un dîner, je conseille l'abus. C'est radical.

22 mai au soir

Depuis ce midi, on dirait que j'ai une maladie contagieuse. Plus personne ne m'adresse la parole. Mamie a bien essayé :

– Est-ce que tu veux me parler, ma chérie ?

a-t-elle demandé en me passant la main sur les cheveux (geste antihygiénique, porteur de germes et que je déteste entre tous, j'ai horreur qu'on me tripote).

Je lui ai lancé un regard terrible.

– Je crois que c'est plutôt à vous de me parler.

De toute façon, je ne vois pas très bien quoi dire, puisque je n'ai aucun souvenir de rien. Il est bien connu que les traumatismes effacent les souvenirs, ce qui n'est pas très pratique pour en discuter.

Puisque j'avais réussi à faire taire ma propre famille, j'ai décidé de régler cette vieille histoire de Marceau dans la foulée. Après tout, mes mains sont à moi. Aussitôt sortie de table, j'ai pris le téléphone et j'ai fait son numéro. J'espérais un peu qu'il ne serait pas chez lui (personne n'aime rompre en direct, c'est pourquoi les gens s'écrivent sans arrêt quand ils ont des histoires d'amour, il y en a même qui en font des bouquins, je le jure). Mais ce dimanche n'était pas un dimanche comme les autres : c'est lui qui a décroché. On me croira si on veut : il a été très facile de lui dire que notre folle histoire venait de capoter.

– Marceau, je te remercie beaucoup de m'avoir tenu la main, et même de m'avoir embrassée, mais je crois que nous ne sommes pas faits l'un pour l'autre.

– C'est un peu ce que je pensais, a-t-il dit simplement, ce qui prouve qu'il est beaucoup plus facile de finir les choses que de les commencer.

J'étais tout à fait contente de moi et de mon efficacité quand il a ajouté :

– De toute façon, je crois que je suis amoureux de Lola.

Un grand blanc s'est fait et j'ai crié :

– Quoi ?

24 mai

Je suis passée regarder la télé chez Lola. Elle ne sait rien, pauvre chose. Elle n'a même pas l'ombre d'un soupçon. Elle ignore quels dangers la menacent. Je n'ai rien dit. Ce n'est pas à moi de la prévenir. Que les gens se débrouillent tout seuls, je ne suis pas une agence matrimoniale.

Pendant deux jours, je me suis sentie un peu vexée d'avoir été si lâchement trahie, et par une personne que je n'aime pas tellement, en fin de compte. Mais il a suffi que je me rappelle le baiser dans la porte cochère, ou la scène de l'oiseau mort, pour effacer tous mes regrets. Je souhaite beaucoup de bonheur à Lola. Au moins, elle pourra y gagner d'avoir embrassé un garçon une fois dans sa vie, ce qui figurait au nombre de ses objectifs, si je me souviens bien (car les vrais amis n'oublient rien).

26 mai

– Aurore, a dit mon père en me regardant tristement de ses yeux cernés de mauve (les touristes sont de retour, l'hôtel est plein et les journées sont longues). J'ai à te parler.

– Ce n'est pas vraiment la peine, ai-je répondu en essayant de filer.

– Je ne te demande pas ton avis. Viens ici.

– C'est pour l'affaire ?

Il a hoché la tête.

– Alors, c'est inutile. Je ne me souviens de rien. À cause du traumatisme.

– Eh bien, tu en parleras à quelqu'un de plus compétent que moi. Tu as rendez-vous chez un médecin mercredi, dans l'après-midi.

– C'est bête, je ne peux pas. J'ai justement rendez-vous avec Samira.

– Tant pis pour Samira.

– Je ne suis pas malade.

– Pas besoin d'être malade.

– Je n'irai pas.

Il s'est levé de sa chaise. Il a mis les poings sur les hanches. Il m'a fixée dans les yeux et il a dit :

– Tu iras. Sinon, c'est moi qui te conduirai.

Pas de doute, il est à cran en ce moment. C'est la saison. Je n'ai pas eu le choix.

– D'accord, j'irai. Pas de souci. Ne t'énerve pas. Du calme. Personne n'est mort.

27 mai

Sans blague, je me demande comment je vais faire pour raconter à cette personne que je suis en même temps terriblement traumatisée et complètement amnésique. J'espère qu'elle ne va pas me faire parler devant une glace sans tain avec mes parents (horreur). J'adorerais qu'elle m'hypnotise. L'hypnose marche, c'est connu, on le lit dans n'importe quel journal gratuit. Je voyagerais dans mes vies antérieures. On n'en sait pas assez sur ses vies antérieures. Moi, par exemple, j'ai sûrement connu autre chose qu'une vie maussade et sans avenir, dans une famille minable. J'ai des sortes de souvenir d'Égypte ancienne, on ne me fera pas croire que c'est pour rien. Oh, vivement la visite ! Et pourvu qu'on m'hypnotise !

JUIN
Ma guérison miraculeuse

8 juin

Je suis exclue du cours de maths pour une semaine. À cause de mon traumatisme. Il fallait absolument prévenir Samira que le rendez-vous de l'après-midi était à l'eau, pour cause de traitement médical de post-abus. Et comme nous étions en cours, et que je ne voulais pas déranger Ancelin en bavardant, j'ai fait passer un petit papier plié en quatre. Un minuscule petit papier, très discret, absolument inoffensif et silencieux. Il faut croire que les profs de maths sont plus préoccupés par ce qui se trafique dans leur classe que par ce qui se passe sur leur tableau. Bref, Ancelin a intercepté le papier. J'étais morte.

Elle l'a regardé longuement (pauvre petit papier, il avait l'air fragile et presque bête dans ses gros doigts). Puis elle a crié soudain, comme si elle venait de découvrir mon cadavre allongé au fond de la classe.

– Aurore !

– Oui, madame !

J'ai crié à mon tour, assez fort pour la rassurer.

– Aurore, qu'est-ce que c'est que ça ?

– Un papier, madame.

– On peut savoir pourquoi vous faites circuler des courriers au beau milieu de mon cours ?

Elle a dit « mon cours » exactement comme elle aurait dit « ma plage privée », ou « mon château de Versailles ».

– Parce que ça fait moins de bruit qu'un bavardage. Je ne voulais pas déranger.

Une fois de plus, la sincérité a été punie. J'aurais fait l'hypocrite, j'aurais gémi des « pardon, madame, je ne le ferai plus jamais, jamais de ma vie », je serais toujours en cours et personne n'en parlerait plus. Malheureusement, je ne suis pas une fille qui dissimule. Résultat, exclue pour une semaine, ce qui serait une bénédiction si les exclusions n'étaient pas balancées aux parents le jour même, par courrier signé du proviseur. Ils ont déjà du mal à avaler le bulletin, j'ai peur que l'exclusion leur reste sur l'estomac. Ma mère va se taper une gastrite de printemps, c'est couru d'avance.

Il a fallu que j'attende l'interclasse pour avertir Samira.

– Qu'est-ce que tu as de si urgent à faire ?
– Je vais chez le médecin.
– Tu es malade ?
– Chez le médecin de la tête.
J'ai pris un visage malheureux-mystérieux.
– Tu fais une dépression ?
Elle avait l'air complètement passionnée.
– Je ne peux rien te dire. C'est privé.
Touché, coulé.
– C'est bon. Garde tes petits secrets pour toi, si ça te fait plaisir.
Un : virée du cours de maths. Deux : brouillée avec Samira. Il n'aurait plus manqué que je loupe mon rendez-vous. Mais non, j'étais à l'heure, au bon endroit. Et pour te parler franchement, cher petit journal, c'était génial.

10 juin
Génial. Personne ne pourrait deviner que cette femme est médecin. Elle a une tête à tirer les cartes, et elle serait aussi bien dans une caravane place de la Nation. « Mme Pachanka, voyante ». D'abord, elle a de longs cheveux qui lui recouvrent les épaules (pourtant, elle a au moins trente-cinq ans). Ensuite, elle est maquillée comme si elle sortait de sa salle de

bains pour aller dîner. Enfin, elle porte des chaussures à hauts talons, qui montent sur la cheville, et qui sont lacées sur le devant. Par des rubans rouges. Si tous les médecins étaient comme elle, la France entière serait malade à longueur de temps. Elle m'a fait asseoir en face d'elle, dans un fauteuil bien profond.

– Je suis là pour vous écouter. Qu'est-ce qui vous amène ?

Elle tombait mal.

– C'est le problème. Je ne me souviens plus du tout de ce qui m'est arrivé.

– Eh bien, a-t-elle fait en souriant, comme si c'était la chose la plus naturelle du monde d'avoir la mémoire cramée. Dans ce cas, parlons de choses et d'autres.

Parler, c'est assez facile. Plus facile par exemple que d'écrire. J'ai donc parlé de mes amies. De Samira qui est trop intelligente pour qu'on lui raconte trop de choses sur sa vie. De Lola qui ignore encore, la bienheureuse, qu'elle va sortir avec Marceau. Et de Marceau que je ne peux pas aimer parce qu'il me tient la main comme s'il avait ramassé un moineau mort, ce qui m'a appris que j'étais frigide. Ruban rouge m'écoutait en hochant la tête avec son bon sourire attentif. À un moment, elle a dit :

– C'est bien. À la semaine prochaine.

Juste comme je parlais de Marceau. Juste quand je commençais à devenir intéressante. Elle s'est levée de son fauteuil. Je me suis levée aussi. On aurait dit que le fauteuil me recrachait.

– C'est tout?

– Oui. À la semaine prochaine.

J'ai ramassé ma veste et mon sac.

– Et pour l'hypnose? ai-je fait alors qu'elle ouvrait la porte devant moi.

– L'hypnose?

– Oui. Pour retrouver mes souvenirs.

Retour du légendaire sourire de Ruban rouge. Elle a secoué la tête.

– Je n'utilise pas l'hypnose. À la semaine prochaine.

Elle commençait à être lourde avec ses «à la semaine prochaine». Je suis sortie sans me retourner. Génial mais un peu minable sur la fin, voilà ma conclusion.

13 juin

À la maison, plus personne n'ose me parler. Le bulletin entièrement composé de notes inférieures et jamais égales à dix est tombé dans l'indifférence générale. Même la lettre d'exclusion n'a pas soulevé de commentaire. Je leur fais peur. C'est le comble. On m'a bousillé ma vie, et c'est moi qui les terrorise. La seule personne qui ait l'air de s'en moquer complètement, c'est Jessica. C'est normal. Je ne l'intéresse pas. De temps en temps, elle m'envoie une petite remarque, du genre :

– C'est toi qui m'as piqué mon shampoing ?

Ou :

– C'est toi qui m'as piqué mon CD de La Brigade ?

Ou :

– C'est toi qui m'as piqué le top manga jaune ? Rends-le ou je te tue.

Quand elle me parle, c'est simple, j'ai l'impression que je n'existe pas. Au moins, je ne suis pas dépaysée. La non-existence, c'est mon destin. Mais on se fait à tout. Question d'habitude. Vivement mercredi

11 juin

Samira me faisait tellement la tête que j'ai fini par lui lâcher un petit quelque chose. Un genre de cacahuète psychique pour éléphant vexé.

– C'est à cause de ma famille. Un truc qui s'est

passé dans mon enfance… Mais je ne peux pas en parler, le médecin préfère que je reste discrète.

C'était bien joué. L'éléphant a frémi des oreilles.

– Tu vas porter plainte ?

– Je n'y ai pas encore réfléchi. Le problème, c'est que j'ai du mal à retrouver mes souvenirs.

L'éléphant m'a regardée avec méfiance par-dessus sa trompe.

– Tu n'es pas un peu mytho ?

Cette fois, c'est moi qui ne lui parle plus. Cette fille a peut-être de l'intelligence, mais côté expérience et sensibilité, elle avoisine le zéro. Je ne vais pas me fatiguer à lui expliquer que c'est à cause d'un type lubrique qui porte un nom d'avenue que mon passé m'est revenu en boomerang, etcætera, etcætera. Je ne dis rien à Lola pour ne pas gâcher ses chances en amour, je ne vois pas pourquoi j'irais me confier à Samira. J'aurais mieux fait de la fermer complètement, une fois de plus.

15 juin

Ruban rouge a changé de couleur de cheveux. Ils sont assortis à ses chaussures, c'est curieux. À peine entrée dans son bureau, j'ai foncé dans mon fauteuil, et elle dans le sien…

– Alors ? a-t-elle fait.

Puisqu'il y a une personne au monde qui veut bien m'écouter, même si elle est payée pour ça, j'en profite. J'ai repris là où je m'étais arrêtée. À Marceau. Elle a pris un visage tout à fait intéressé quand je lui ai parlé de ma déduction : baiser, frigidité, abus. Elle a arrêté de battre des paupières et son visage s'est éclairé, comme si elle se réveillait brusquement.

– Vous n'êtes pas frigide.

Voilà ce qu'elle a dit, aussi clairement qu'elle m'aurait dit : « Vous avez un très gros bouton sur le nez. » Là-dessus, elle a jeté un coup d'œil à sa montre et elle a ajouté :

– Bien. À la semaine prochaine.

Je me suis extraite du fauteuil. Et j'ai eu très envie de lui mettre une claque.

16 juin

Même les grands bonheurs ont une fin. L'exclusion est levée. Je retourne aux cours d'Ancelin. Je suis seule à une petite table, au premier rang. Impossible de faire passer le moindre papier à qui que ce soit. Je me sens tellement isolée que je suis prête à me réconcilier avec Samira. Je me retourne dix fois dans l'heure pour lui envoyer des sourires amicaux. Évidemment, elle fait celle qui ne voit rien. Elle a un manuel de maths à la place du cœur.

Je vais probablement mourir d'ennui.

17 juin

Le brevet des collèges approche… Panique générale dans les rangs. Ils ne seraient pas plus affolés par la Fin du Monde. Personnellement, je prends les choses avec calme : je n'irai pas aux examens. De toute façon, je suis promise au redoublement. J'aurai toutes mes chances l'année prochaine. Autant économiser mes forces.

18 juin

Cette andouille de Samira continue à me prendre de haut. Elle fait semblant de ne pas me voir. Comme si on pouvait ne pas voir quelqu'un dans une classe de vingt-sept personnes, dont vingt-cinq sont des crapauds pustuleux.

19 juin

Ils sont tous aux examens. Je suis allée chez le médecin ce matin. D'un strict point de vue médical, le collège me déprime tellement que je suis en train de me ruiner l'estomac à force de crampes. J'ai un certificat en béton. Au revoir, petit brevet, à l'année prochaine !

21 juin

J'ai croisé Lola à la boulangerie. Elle avait l'œil vague et le petit sourire gêné, celui qui dit clairement : « Ma chérie, tu me pardonneras, mais je ne peux pas tout te dire. » J'aurais pu lui en vouloir, je l'ai trouvée pathétique. Du coup, je me suis avancée vers elle, je lui ai collé deux gros baisers sonores et j'ai dit bien fort :

– Tu as des nouvelles de Marceau ?

Elle est devenue tellement rouge que tout le monde dans la boulangerie (et à 7 heures, ça fait du monde) a eu peur qu'elle ne prenne feu spontanément. Je lui aurais bien balancé un seau d'eau à la figure pour la soulager, mais je n'avais pas de seau. Alors je lui ai proposé de passer chez elle, regarder la nouvelle émission où des gens très moches et complètement périmés se traînent dans la boue pour gagner on ne sait pas quoi. Elle n'a pas répondu oui, mais elle n'a pas osé dire non. Elle faisait pitié. Du coup, par pure gentillesse, je suis restée chez moi Moi aussi, j'ai la télé.

22 juin
– Vous n'aviez peut-être aucune envie d'embrasser ce garçon, a suggéré Ruban rouge.

C'était la première fois qu'elle me gratifiait d'une phrase aussi longue. J'ai dû réfléchir avant de lui répondre.

– C'est vrai. D'ailleurs, je ne lui avais rien demandé.

– Ce n'est donc pas le baiser qui est en cause. C'est peut-être le garçon.

– Vous voulez dire que je suis lesbienne ?

Elle n'a pas répondu mais elle a éclaté de rire. J'ai ri aussi. C'était un moment charmant. Apparemment, si mon identité sexuelle est toujours floue, la frigidité n'est pas au cœur du problème.

24 juin
Si je ne suis pas frigide, je ne suis pas traumatisée. Si je ne suis pas traumatisée, personne n'a abusé de moi. Si personne n'a abusé de moi, il est normal que je n'en aie pas de souvenir. D'un côté, je suis un peu déçue De l'autre, je suis contente de savoir que j'ai une mémoire en bon état. Maintenant le problème est simple : comment annoncer à mes parents que je n'ai pas été abusée dans mon

enfance ? Et comment, par ailleurs, en profiter pour les avertir que, cette année, je redouble ?

27 juin

Je suis passée chez Lola. Son père a acheté un nouvel ordinateur, il lui a donné le vieux. J'ai donc allumé la télé pour moi toute seule pendant qu'elle tapait comme une dingue sur son clavier.

– Avant l'ordinateur, j'ai dit, on regardait ensemble et on se marrait bien. Maintenant, j'ai juste l'impression d'être un gros sac-poubelle avachi sur ton lit.

Elle était tellement occupée par son truc qu'elle ne m'a même pas entendue.

– LOLA ! (j'ai crié) À QUI TU CAUSES ? (c'était du vice parce que je le savais).

Elle est devenue toute rouge (c'est sa nouvelle manie), elle a encore tapé trois ou quatre mots, puis elle a abandonné son merveilleux écran. Elle est venue s'affaler à côté de moi.

– Il faut que je te dise une chose…

Je l'ai regardée avec de bons yeux innocents. Pauvre chérie, elle était de plus en plus rouge, de seconde en seconde, c'était terrible à voir.

– C'était Marceau. Je… (toussotements, roulements d'yeux, plaques violettes sur les joues) …sors avec lui.

– Et alors, c'est comment ?

– J'adore.

Bon, elle adore. Normal, elle n'en est qu'au début.

– Tu n'es pas fâchée ?

– Qui ? Moi ?

– Tu ne dis rien…

– Qu'est-ce que tu veux que je te dise ?

– Tu pourrais me poser des questions…

– Quelles questions ? Je te rappelle que j'en sais déjà pas mal.

– C'est vrai. Alors, tu n'es pas fâchée ?

– Si, je suis fâchée parce que tu ne t'occupes plus du tout de moi et que je regarde toute seule des vieux programmes pourris, on dirait qu'ils passent les mêmes en boucle à longueur d'année.

– D'accord, a dit Lola. Je m'excuse.

Elle s'est levée pour éteindre l'ordinateur. Ensuite de quoi nous nous sommes allongées bien confortablement et nous avons regardé pendant des heures une série d'épouvante où des femmes assez vieilles disaient des horreurs sur des hommes eux-mêmes assez effrayants.

– Des fois, ça me plairait d'être un chien, a remarqué Lola.

– Facile à dire, j'ai répondu. Tu connais qui, personnellement, comme chien ?

C'était le début d'une bonne conversation. On a bavardé en regardant n'importe quoi jusqu'à ce que la nuit tombe.

Ce qui est triste, dans l'amour, c'est qu'il vous pique vos copines. Heureusement qu'il ne dure pas. Une petite rupture et hop, on retrouve ses amies. L'amour, je vous le dis, c'est juste une question de patience.

JUILLET
Vive la France

2 juillet

Ils auraient pu se bouger un peu pour avoir l'air concerné. Pousser quelques cris menaçants. Me priver de sortie. Me supprimer l'argent de poche. Rien. Ils n'ont même pas fait semblant d'être surpris. Tant d'indifférence, quand arrive le bulletin qui confirme le redoublement, c'est de la maltraitance. Je peux redoubler tant que je veux, mes parents s'en lavent les mains.

– Ne te fais pas de souci, a dit ma mère. Profite de tes vacances. L'important, c'est d'être en forme à la rentrée.

Là-dessus, elle a eu un sourire dépressif, genre trou noir de l'espoir. Comment je vais faire pour tenir deux mois ? C'est le défi.

3 juillet

Je ne sais pas par quel miracle une fille qui passe tout le mois de juillet chez ses parents peut profiter de ses vacances Est-ce que le mot « vacances » a encore un sens pour elle ? La réponse est non. La preuve : on peut le remplacer facilement. Par « débardeur jaune à rayures » : « Profite bien de ton débardeur jaune à rayures. L'important, c'est d'être en forme à la rentrée. » Par « petit copain gothique » : « Profite bien de ton petit copain gothique. L'important, c'est d'être en forme à la rentrée. » Par « eczéma » : « Profite bien de ton eczéma. L'important, c'est d'être en forme à la rentrée. »

5 juillet

J'aime bien rester allongée sur mon lit. Je regarde le plafond, je pense à des trucs. Exemple : je pense à mon redoublement. Je compte les avantages et les inconvénients.

Avantages :

– je suis débarrassée des crétins avec qui j'étais en cours cette année ;

– je connais déjà le programme ;

– je vais me taper deux troisièmes mais un seul brevet des collèges.

Inconvénients :

– je connais tous les profs que je risque d'avoir en septembre ;

– je connais déjà le programme, qui est d'un ennui total ;

– même en se tapant deux troisièmes, on n'échappe pas au brevet des collèges.

Total : les deux colonnes s'équilibrent. Conclusion : redoubler est une opération nulle.

7 juillet

Lola part en vacances. Dans la maison de famille. Pour une famille aussi petite, et divorcée par-dessus le marché, ils sont gonflés d'avoir une maison de famille. Elle part avec sa belle-mère. Pourvu qu'elles s'étripent. Elle part avec Marceau. Pourvu qu'ils s'embrassent. Si tout se passe normalement (opérations oiseau mort et baiser éternel), on en sera débarrassées à la rentrée. Je me demande à quoi ressemble une maison de famille. À une grosse maison de poupées ?

9 juillet

Ce soir, festival de remarques désobligeantes. On sent que la température extérieure a monté d'un cran. Les gens suent toute la journée, ils deviennent agressifs. Parfois, j'ai l'impression de vivre dans un zoo.

– Qu'est-ce que tu peux bien fabriquer à longueur de journée dans ta chambre ? a grogné mon père en ouvrant férocement la porte de ma chambre.

– Tu devrais peut-être téléphoner à une amie, a gémi ma mère, qui passait dans le couloir. N'importe quoi, mais sors de cet appartement, tu me rends dingue à glander toute la journée.

– Quand est-ce que je pars en colo ? a lancé Sophie, qui ne s'intéresse qu'à elle et monopolise la conversation dès qu'on m'adresse la parole.

Jessica n'a rien dit. C'est bien la seule. C'est aussi parce qu'elle n'était pas là. Elle n'est jamais à la maison. Elle passe en coup de vent piquer trois yaourts et ratisser les réserves de biscuits. Le reste du temps, elle traîne avec ses copines. Les parents ne disent rien. Je répète : les parents ne disent rien. Si j'avais, moi, une fille de dix-huit ans qui passe sa vie en boîte, je me ferais du souci. Qu'est-ce qu'elle peut fabriquer de ses soirées ? Exposer son piercing de la langue ?

Trop de négligence me rend malade. J'ai attendu le dîner pour me mêler de l'affaire. Avec diplomatie.

– Si Jessica s'occupait un peu de moi, je sortirais plus souvent. Elle a plein d'activités, elle pourrait m'emmener avec elle, me présenter des gens…

– C'est vrai, a approuvé mon père. Une sœur dans les pattes, c'est du plomb dans la tête…

S'il voulait me faire plaisir, c'est raté. Je déteste cet esprit. Mon père est portier d'hôtel mais il a une mentalité de gardien de prison. Toujours sur le dos des gens, à surveiller leurs moindres faits et gestes.

Le problème avec lui, c'est qu'il fait les deux choses en même temps : il s'en fiche ET il surveille. Il nous néglige à mort ET il nous stresse à mort.

10 juillet

Lola est partie. Je suis seule au monde. Pas grave. Dans le fond, je la déteste aussi. Ma vie est un festival de détestations.

11 juillet

– Quoi ? Quoi ? Quoi ? a croassé Jessica.

Je fais des miracles, je transforme ma sœur en crapaud.

– Tu veux me gâcher mes vacances ?

J'aurais dû la transformer en vermine.

– C'est triste d'aimer sa sœur et de se voir rejeter comme n'importe quelle inconnue…

– Si seulement tu étais n'importe quelle inconnue ! Mais tu es ma SŒUR et personne n'a envie de traîner SA sœur partout avec soi. Je suis un être humain, pas une baby-sitter…

Elle m'a tellement énervée qu'elle a réussi l'impossible. Je suis sortie de l'appartement. Dehors, il faisait très chaud. C'était nul.

12 juillet

Samira m'a appelée. Entendre sa voix m'a fait un drôle d'effet. Comme si je parlais à un être qui m'appelait d'une autre galaxie. En même temps, sa galaxie n'était pas très loin de la mienne.

– Il fait chaud, c'est ce qu'elle m'a dit.

– Très chaud.

– Je m'ennuie. Et toi ?

– Moi aussi.

– Tu n'as pas envie de faire un truc ?

– Quel truc ?

– Je ne sais pas. Un truc. Cinéma. Piscine. Magasins…

– Magasins ?

– Il y a des soldes. On peut regarder. On n'est pas obligées d'acheter.

Pour finir, c'est l'activité Magasins qui a été retenue. Magasins est la moins chère : on n'est pas obligé d'acheter, alors que le cinéma ou la piscine, c'est payant dès le départ.

13 juillet

Je suis sortie pour la deuxième fois. L'opération Magasins est un assez mauvais calcul. J'ai dépensé les 15 euros que j'avais emportés avec moi et qui représentent à peu près toute une vie d'économies. Je suis la propriétaire de deux tee-shirts à ma taille et d'une jupe informe couverte de nénuphars. Je crois que la jupe est une erreur. Samira a acheté un livre, c'est minant. À quoi bon faire les soldes avec une fille qui s'achète des livres, la question est posée. On aurait pu aller à la bibliothèque. Qui est tout à fait libre et gratuite, comme chacun sait.

14 juillet

Juste un mot : j'annonce officiellement ma troisième sortie. Objectif : bal des pompiers de la caserne à côté de la mairie. Accompagnement : Samira. Équipement : tee-shirt à ma taille et jupe nénuphars. Financement : modeste, à négocier avec la caissière en chef de l'appartement.

20 juillet
On ne peut pas s'amuser la nuit et écrire la journée du lendemain. Il faut se reposer de temps en temps. Je résume donc : vivement le 14 juillet prochain. Je regrette que, dans un pays riche comme la France, il n'y ait qu'un 14 juillet par an. C'est un peu mesquin. Tout le monde gagnerait à remplacer le 11 novembre (tous ces vieux types sont archi-morts maintenant), ou le 1er mai (qui manque de respect aux chômeurs), par un second 14 juillet.

Ma première remarque est qu'on s'amuse bien avec Samira. Ce n'est pas parce qu'elle achète des bouquins aux soldes d'été qu'elle est sinistre. Elle fait des blagues, elle se moque des gens, elle rigole tout le temps. À partir de maintenant, je veux la voir tous les jours. Adieu Lola. Samira t'a remplacée dans mon cœur. Il fallait choisir : la maison de famille ou moi. Deuxième remarque : c'est facile de danser au bal des pompiers, il y a tellement de monde que personne ne pense à vous regarder. Même la jupe nénuphars est passée inaperçue. Troisième remarque : comment se débrouillent les filles qui rencontrent des princes dans les bals ? On ne fréquente pas les mêmes bals. Ou alors le coup de foudre au bal n'existe que dans le format conte de fées. Aucun garçon présentable.

Ou alors, déjà en couple. Avec un autre garçon, en général. Au moins, on n'est pas embêtées. Quatrième remarque : Jessica sort avec un type, je les ai vus, il a même fallu un moment pour que je la voie parce qu'elle était tellement collée à lui qu'on ne remarquait pas vraiment qu'ils étaient deux. Le type ressemble à Bernard Tapie (jeune). Pauvre Jessica. Je n'aimerais pas être ton piercing. Cinquième remarque : rentrer à 1 heure du matin, c'est dur quand on s'amuse. L'année prochaine, je réclame 2 heures. À raison d'une heure par an, pour mes vingt ans, je ferai la nuit blanche. Je n'ai qu'un mot à dire, et c'est Vive la France.

21 juillet

Cher journal, je vais te donner une information importante et que je te prie de garder secrète. Samira a cinq frères. À quoi, à qui, ressemblent les frères de Samira ? Voilà la seule vraie question au monde. L'autre question possible est : pour aller chez elle, est-ce que je porte la jupe nénuphars ?

22 juillet

Malheur. Je les ai vus en photo sur les murs du salon. Une collection de garçons sublimes rangés par ordre de taille et Samira tout au bout de la rangée. Je les ai regardés pendant des heures en mangeant des crêpes à l'huile d'olive. Résultat: j'ai pris vingt kilos et je suis raide amoureuse de cinq garçons que je n'ai jamais rencontrés en vrai. La mère de Samira est parfaitement gentille. En tant que future belle-fille, je considère que c'est une chance. Pour le moment, je n'ai rien laissé deviner à ma future belle-sœur. Je ne veux pas la mettre dans une situation embarrassante.

23 juillet

Pourquoi faut-il quitter son appartement, ses amis, sa vie? Pourquoi de pauvres adolescents sont-ils victimes, tous les mois d'août, de la folie itinérante de leurs parents? Qu'est-ce que je vais bien pouvoir fabriquer pendant trois semaines à Pornic, j'ai passé l'âge des châteaux de sable?... Combien coûte une maison de location? Et pourquoi dois-je abandonner les cinq frères de Samira et ma future bellemère, alors que je viens juste de découvrir leur existence?

24 juillet

Il fait chaud.

25 juillet
Il fait encore plus chaud qu'hier.

26 juillet
Changement climatique et canicule, je vous hais

AOÛT
Mon idylle à la plage

6 août

Ne me parlez pas de voyages. J'ai fait le trajet nez à nez avec une valise géante. Sophie a vomi toute la route. Ça vient à peine de commencer et c'est déjà l'enfer. Jessica a échappé au service, elle s'est dégoté un poste de vendeuse chez Sephora. Boîte toute la nuit et gloss toute la journée. Il y a des gens pour appeler ça du travail. Jessica, je te maudis.

7 août

Nous habitons la maison des sept nains. Avant l'installation de Blanche-Neige. C'est petit, c'est poussiéreux et c'est moche. Une cour bétonnée par-devant, un vieux papier peint orange au milieu, et un jardin miteux par derrière… On ne fait pas aussi moche entièrement par hasard. À un moment, il faut l'avoir choisi. Je me demande à quoi ressemblent les propriétaires. Portent-ils de grands bonnets et des haches sur l'épaule ?

8 août

Des personnes dépourvues de sens esthétique ont bourré les armoires d'assiettes en verre blanc décorées de fleurs bleues. Des assiettes, et pas grand-chose d'autre. C'est le mystère des maisons de location : il y a toujours trop de ceci et pas assez de cela. Trop d'assiettes, pas assez de verres. Trop de cuillères, pas assez de couteaux. Trop de presse-citrons, pas assez de moules à cake. Ma chambre sent la poussière. Tant pis. Je n'ai aucune intention de la nettoyer. Je ne m'appelle pas Blanche-Neige.

J'ai laissé ma valise ouverte au milieu du parquet, avec toutes mes affaires plus ou moins chiffonnées dedans. Si jamais je devais m'enfuir précipitamment... On ne sait jamais. Tout le monde a le droit de rêver. Dire qu'il va falloir passer trois semaines dans ce trou. Des rêves, j'ai intérêt à en avoir en réserve.

9 août

L'eau est froide. Je le sais, j'ai trempé mes pieds. À part pour se noyer, je ne vois aucune raison d'aller se baigner.

10 août

Il faut trop chaud pour passer sa vie enfermée dans une chambre poussiéreuse. Je suis encore jeune, je ne veux pas mourir de canicule. Pour quelqu'un qui refuse la noyade, ce serait idiot. Aujourd'hui, j'ai accompagné ma merveilleuse famille sur la plage. Je crois deviner qu'ils préféreraient que j'étouffe dans leur taudis. Pas question. Il faut savoir ce qu'on veut. Des vacances en famille, ce sont des vacances en famille, moi compris. Ils se mettent en maillot de bain, je garde mes habits. Ils courent en clopinant vers la mer, je reste assise dans le sable. Ils s'amusent, ils s'arrosent, ils nageotent. J'attends que ça se passe. Enfin, ma mère revient, le nez humide, la cuisse violacée et le cheveu collé. Une naïade.

– Elle est délicieuse, dit-elle.

J'adorerais qu'elle dise un jour: «Elle est dégueulasse». Mais non, c'est «délicieuse». Pour l'éternité. Pardonne-moi, chère mère, d'avoir ma propre idée du délice. Et laisse-moi te dire qu'il n'est pas encore né, celui qui me fera tremper dans de l'eau salée.

– Elle est glaciale, c'est ce que j'ai répondu.

– Tu exagères. Un tas de gens se baignent...

– Ce ne sont pas des gens.

– Pardon ?

– Ce sont des otaries.

Là, en général, elle laisse tomber. Elle est incapable de s'adapter aux arguments inattendus. La conversation s'arrête faute de combattantes. Je rabats la capuche de mon sweat sur mon front et je mange un Choco BN, le regard au loin. Quand je vois un bateau, je fais un vœu. Je fais le vœu de sortir avec au moins un frère de Samira. Il y a pas mal de bateaux dans le coin. Je passe mes après-midi à faire des milliers de vœux de frères de Samira. Dans le tas, je vais bien finir par tirer un vœu gagnant. C'est statistique.

11 août

Il y a un tas de jeunes sur la plage, ils ont l'air de s'amuser. Ils jouent au volley, ils sautent comme des puces de mer autour d'un filet Les filles ressemblent à des mannequins de chez Sephora. Les garçons ne sont pas terribles mais ils sont bronzés. Tout le monde sur terre a des bandes d'amis. Tout le monde est heureux et s'amuse en vacances. Tout le monde sauf moi. J'ai un mauvais karma.

12 août

Et en plus, on n'a pas la télé.

13 août

Ce soir, marché de nuit au centre-ville. Nous sommes partis en groupe, comme une famille de mulots, tout excités à l'idée de manger des saucisses juteuses accompagnées de quelques barquettes de frites grasses.

– Aurore, arrête de faire la tête, a dit mon père quand nous sommes sortis de la maison des sept nains. Tu gâches les vacances de ta mère.

Je n'ai pas répondu, je ne tiens à gâcher les vacances de personne. J'ai enfoncé la capuche de mon sweat sur mon front. Comme ça au moins, ils ne peuvent plus voir la tête que je fais. Si ça tombe, je suis morte de rire, en dessous. Cette punaise de Sophie n'a pas mis deux jours à copiner avec la moitié de la plage. Elle n'a aucun honneur. Elle n'est rebutée par aucun jeu débile. On dirait même qu'elle adore ça, les châteaux de sable, les bouées Donald et autres pistolets à eau. Le résultat, c'est qu'elle a retrouvé au marché mille formidables amis à appareil dentaire. L'un de ses admirateurs a un frère, enfin je suppose que c'est un frère, qui doit avoir à peu près mon âge. J'en suis restée au stade des supputations parce qu'il portait un sweat vert assez moche, la capuche tirée jusqu'au menton. Ça m'a tellement énervée que j'ai enlevé la mienne.

– Eh bien, Aurore ? a fait mon père. Tu montres ta figure ?

– J'ai chaud.

J'aimerais beaucoup abandonner mes parents sur une aire d'autoroute. Il existe peut-être une SPP, Société protectrice des parents – il y a bien une SPA –, pour recueillir les parents abandonnés au moment des départs en vacances.

15 août

Le marché n'a pas suffi. Il a fallu se taper le bal. Ma famille raffole des fêtes nocturnes, qu'on se le dise. Dans l'ensemble, c'était nul. Surtout la musique, ce qui a quand même une certaine importance pour un bal. Une bande de vieillards en costume tapaient comme des sourds sur leurs pauvres instruments, tout ça pour sortir des tubes de la préhistoire, *I will survive* et j'en passe. Ils avaient raison en un sens, parce que ça n'empêchait pas les gens de danser, au contraire. Le vacancier moyen n'a pas d'oreille, c'est clair. J'étais debout, appuyée contre un arbre, en essayant de ne pas voir mes parents danser, quand le type à la capuche s'est approché de moi. J'ai eu du mal à le reconnaître, il n'avait plus de capuche. Juste un tee-shirt Iron Maiden. Je crois que je préférais la capuche.

– Salut, a-t-il fait.

– Salut, ai-je fait.

Je suis le frère du copain de ta sœur.

– Ah bon.

Après, plus rien. Il est resté à côté de moi, planté comme une souche. J'ai arrêté de penser que mes parents dansaient comme des possédés devant mes yeux. J'ai pensé que, si je tournais la tête, je verrais la figure de ce type en train de me regarder. Ça a duré des heures. Après, la famille des mulots est rentrée se coucher. Je résume : c'était une assez mauvaise soirée. Du point de vue des bals, le 15 août n'arrive pas à la cheville du 14 juillet.

S'il est vrai que le 15 août est une fête religieuse, je pose la question : est-ce qu'il n'est pas un peu malsain d'aller au bal ?

Est-ce que les gens ne devraient pas faire des prières, des pénitences et des bonnes actions, au lieu de se trémousser sauvagement sur de la musique pourrie – en se draguant, j'en ai bien peur ?

16 août
J'ai écrit une carte à Samira. Quand j'ai collé le timbre et glissé l'enveloppe dans la boîte aux lettres, j'ai eu l'impression que ma vie n'était pas finie. Qu'il y avait un avenir après les vacances. Je devrais lui écrire tous les jours. Je devrais garder un lien avec le monde vivant.

17 août
J'ai écrit une autre carte à Samira. Je n'ai pas mis un mot concernant ses frères. Je suis d'une habileté diabolique. Personne n'a envie d'être aimée pour ses frères. Encore que c'est une chose qui ne risque pas de m'arriver. Je vois mal quelqu'un se prendre de passion pour moi à cause de mes sœurs.

18 août
Nous entrons dans la seconde partie des vacances! Plus qu'une moitié à tirer!

19 août
Le garçon à capuche sans capuche s'appelle Julien. J'ai entendu son petit frère l'appeler à travers la plage. Il était assis très loin de l'eau, sur une serviette, tout habillé, jean et polo à manches longues.

lunettes de soleil jusqu'à la racine des cheveux. Il a vu que je le regardais. Il m'a fait un signe de la main. Plutôt sympa, pour un gars qui porte un tee-shirt Iron Maiden.

20 août

Julien a quinze ans. Il n'aime ni la mer, ni le soleil, ni Iron Maiden. Le tee-shirt, c'est juste pour effrayer ses parents. Le Metal fait peur, c'est connu. Je suis assez contente que Jessica ne soit pas avec nous. Elle aurait fait l'intéressante avec son piercing. Quand le vendeur ambulant est passé, Julien m'a payé une glace. Nous nous sommes installés côte à côte sur sa serviette et nous avons regardé la mer ensemble. Je lui ai dit de faire un vœu quand il verrait un bateau.

– J'en vois dix, je fais dix vœux ?

– Ben oui…

– J'ai fait dix fois le même, ça marche ?

– Ben oui…

On a continué à regarder la mer. Je me demande sur quoi portait son vœu.

21 août

Ce matin, j'ai couru à la plage. Julien n'y était pas.

J'ai étalé ma serviette, je me suis assise et je l'ai attendu. J'étais complètement cuite quand il est arrivé. Il a eu l'air content de me voir.

– Tu m'attendais ?

– Non. Je surveille ma sœur.

– Elle n'est pas là, ta sœur.

– Je surveille quand même. On ne sait jamais quand elle va arriver.

À midi, il faisait déjà très chaud et Sophie n'était toujours pas là. Nous étions assis depuis presque deux heures sur la serviette et j'avais un peu envie de m'évanouir de canicule.

– Viens, m'a dit Julien. Ça ne sert à rien d'attendre sur la plage. On va se chercher une glace.

J'étais complètement ankylosée. Il m'a pris la main pour m'aider à me relever. C'était sympa, mais le truc, c'est qu'il n'a pas lâché ma main. Nous avons traversé toute la plage comme ça. Et devinez quoi ? C'était presque normal. Et même, c'était bien.

22 août

Ce matin, c'est lui qui attendait sur la plage.

– Tu veux savoir mon vœu ? a demandé Julien.

Il a de drôles de questions, bien sûr que je voulais savoir, tout le monde aime être au courant des vœux des autres. J'ai hoché la tête, et il a mis un baiser sur ma main. C'était cool Il aurait pu essayer de m'embrasser direct et j'aurais été traumatisée une fois de plus. Mais non. Il a juste mis ses lèvres sur ma main, et après il m'a regardée avec des yeux gentils, il était rouge comme une tonne de tomates, impossible de dire si c'était la timidité ou le coup de soleil. Sans blague, il me faisait presque de la peine. Comme j'étais rassurée, j'ai décidé de le consoler et j'ai commencé à l'embrasser. Et devinez quoi? C'était bien! Pas du tout salivaire et antihygiénique. Juste bien.

Les choses devraient toujours se passer comme ça. À la bonne vitesse. Oh, j'adore ces vacances. Ce sont les meilleures vacances de ma vie. Quand je pense qu'elles se terminent dans moins d'une semaine, j'ai envie de mourir.

23 août

– J'ai tout vu, m'a dit Sophie.

– Tu as vu quoi?

– Toi avec le frère de Basile. Sur la plage.

– Et alors?

– Alors, ça veut dire que les parents peuvent te voir. Tu devrais faire gaffe.

Cette brave Sophie est comme le rat de la fable. Elle n'est pas très engageante, mais elle rend de grands services. Merci, chère petite rate, je te revaudrai ça. Sors avec Basile et je te protégerai. J'ai payé une glace à Sophie et j'ai emmené Julien à bonne distance du campement familial. On a fait un tas de trucs géniaux, on a même marché les pieds dans l'eau en tenant nos baskets à la main. Elle est assez chaude, pour de l'eau de mer. La canicule, certainement.

25 août
Julien s'en va demain. Dans un sens, je suis désespérée. Dans un autre sens, j'en ai un peu marre de passer mes journées entières avec la même personne. Comment font les gens qui se marient, c'est la question. Ils travaillent toute la journée et ils vont au cinéma le soir, je ne vois que ça. Ou alors ils divorcent, c'est l'alternative.

26 août
Adieu, bel amour de vacances !

27 août
Je suis curieuse de voir la tête de Lola quand je vais lui raconter tout ça. Je n'en peux plus de ne parler

à personne. Je suis en train d'étouffer sur place. Il n'y a même pas de glace au-dessus du lavabo. Pour se voir, c'est dans le séjour au-dessus du buffet. C'est bien le genre des sept nains. Vivement qu'on rentre !

29 août
Sophie a vomi tout au long de la route.

SEPTEMBRE

À l'aube d'une nouvelle vie

2 septembre
C'est la rentrée et il fait une chaleur ignoble. Normalement, à la rentrée, il pleut. J'ai un mauvais pressentiment.

3 septembre
J'ai appelé Lola. Elle n'a pas le temps de me voir aujourd'hui. Pas le temps… Elle est devenue dingue. C'est la maison de famille, classique.

5 septembre
Tout le monde devrait redoubler. C'est sans stress. Je suis rentrée au collège comme chez moi. À l'aise. Je connais l'endroit, je connais le personnel, je connais le menu.

– Tiens, Aurore, a remarqué Ancelin quand elle a vu mon bon sourire qui irradiait au fond de la classe.

– Bonjour, Madame Ancelin.

Je vous le disais : comme chez moi.

– Passe au premier rang. Ce serait dommage de

gâcher une deuxième année à moisir à côté du radiateur.

Pas de quoi se sentir dépaysée. Elle me parle exactement comme mon père. Alors, j'ai fait comme avec mon père. Je n'ai pas répondu. J'ai arrêté de sourire, j'ai pris mes affaires et j'ai obéi.

– Pas la peine de faire la tête. Ce que je dis, c'est pour toi.

– Oui, papa.

J'avais murmuré, mais pas assez bas. Toute la classe s'est mise à rire et j'ai fini ma première heure de cours chez le proviseur. Si c'est pour refaire exactement la même chose que l'année dernière, je ne vois pas l'intérêt de redoubler.

7 septembre

Je les ai tous regardés. Je ne les aime pas. Ils sont petits, ils sont bêtes et ils sont moches. Personne ne me regarde, personne ne me parle. L'année dernière, je croyais détester mes camarades. Je me trompais gravement. Quand je pense à eux, j'ai envie de pleurer. Pauvres fouines de l'année dernière, je vous adorais. Je ne dis pas que vous étiez tous parfaits. Mais au moins vous aviez mon âge. Maintenant que vous avez disparu, si je veux parler à quelqu'un de normal, il faut que je prenne rendez-vous. Samira me manque terriblement. Depuis qu'on ne se voit plus, j'ai l'impression que la planète entière est peuplée d'imbéciles. Et ce n'est pas ce que je sais de Lola qui me remontera le moral. Lola. Le désastre.

8 septembre

J'ai appelé Julien tout à l'heure. Personne ne peut imaginer les ruses qu'il faut déployer pour téléphoner tranquillement, quand on n'a pas de téléphone portable. Je passe mes journées à guetter le moment où toute la sainte famille a vidé les lieux. Dès que la place est libre, je me précipite pour faire son numéro et j'attends. Le malheur, c'est qu'on a beau s'aimer on n'est pas forcément au domicile à la même heure. La vie est mal faite. Des fois, je laisse un message. Des fois, je raccroche direct. Des fois, j'ai trop de chance et il décroche direct.

– T'es là ?

– Oui.

– Ça va ?

– Oui.

Et ainsi de suite. Je ne dis pas que ce sont des conversations très intellectuelles, tout le monde a sa pudeur, mais ce sont des conversations très longues.

Aussi longues que des journées entières à se tenir la main sur la plage. Limite mortelles. Quelquefois, c'est lui qui m'appelle.

– T'es là ?

– Oui.

Etc. Ça nous rassure, d'être deux dans l'univers hostile. Le problème, c'est que l'univers hostile est vaste. Si nous avions habité le même coin, et pas à cinq cents kilomètres l'un de l'autre, les choses auraient été plus faciles. Sans compter que je me demande combien ça coûte, de faire cinq cents kilomètres par téléphone dès que les parent ont le dos tourné. Ils vont bien finir par recevoir une facture. Ce jour-là, j'ai intérêt à avoir quelque chose à raconter. Et quelque chose de bien. Et puis zut. Après tout, si j'avais un téléphone portable, on n'aurait pas tous ces problèmes de facture. Je m'achèterais des cartes et on en parlerait plus.

10 septembre

– On ne se voit plus jamais, a finement remarqué Samira.

Elle me guettait à la sortie. Elle avait le visage tout froncé. Comme quelqu'un qui veut montrer qu'il n'est pas content. Pas content du tout.

– Forcément, tu es au lycée. On n'a même plus la même cour.

– Tu pourrais m'attendre à la sortie…

– Je dois rentrer chez moi.

– À cette heure-là, il n'y a personne chez toi.

– Justement.

– Justement quoi ?

– Je téléphone à mon copain.

– Toi ? Tu as un copain ?

Le visage de Samira s'est éclairé d'un coup. Je me suis demandé si elle se fichait de moi. Ou si elle était sincèrement contente d'apprendre que moi aussi je pouvais avoir une vie amoureuse. Si même moi j'en suis capable, n'importe qui peut espérer y arriver.

– On peut savoir ce qui te fait rire ?

– C'est ton copain. J'avais peur que tu t'intéresses à moi à cause de mes frères.

J'ai secoué la tête en faisant claquer mes lèvres, un peu comme un gros poisson qui se cogne au bord de l'aquarium.

– Il y a un tas de gens qui t'aiment et qui ne savent même pas que tu as des frères…

Elle avait l'air tellement soulagée que je me suis détestée de mentir avec un tel culot. Sauf que, dans un autre sens, j'étais assez réjouie de lui faire plaisir à peu de frais. Ça fait du bien de se sentir utile. Surtout quand on n'en abuse pas. Je me suis promis de la bombarder de cartes postales exquises, toutes les vacances, tout au long de ma vie. Samira, je suis ton admiratrice à jamais. Et si je tombe un jour amoureuse de l'un de tes frères, ce ne sera pas de ma faute. Juré.

18 septembre

– À quel âge on a le droit d'arrêter le collège ?

C'était ma question du dimanche midi, celle qui met de l'ambiance dans les déjeuners en famille. J'essaie d'en trouver une nouvelle toutes les semaines. Mais, à force, plus personne ne fait attention à ce que je dis. La semaine dernière, je voulais me convertir à l'église de scientologie. Dans n'importe quelle famille digne de ce nom, j'aurais eu droit à un sermon sur les dangers des sectes. À des menaces. À des interdictions de sortir. Rien de tout ça chez moi. Personne n'a levé le nez de son assiette.

– Si on arrête d'y aller ? Qu'est-ce qui se passe ?

Mon père a levé le nez de son assiette.

– Il se passe que l'État me coupe les allocations familiales et que je t'envoie en pension jusqu'à tes dix-huit ans.

– Peut-être que j'aimerais bien aller en pension… Je n'ai jamais essayé.

J'ai eu raison d'insister parce que j'ai réussi à réveiller ma mère. En même temps, j'ai eu tort parce qu'elle a regardé mon père d'un air entendu.

– C'est vrai. On ne s'est jamais renseignés. Elle serait peut-être contente, en pension.

– Peut-être, a soupiré mon père.

Tout le monde autour de la table s'est mis à hocher la tête, même cette traîtresse de Jessica a fait celle qui approuvait. Depuis qu'elle a travaillé chez Sephora, celle-là, elle se prend pour l'assistante maternelle. Ma question du dimanche commençait à sentir sérieusement le cramé. Je me demandais comment faire pour m'en sortir sans me couvrir de ridicule quand Mamie a proposé, d'une minuscule voix sucrée :

– Tu peux venir en pension chez tes grands-parents, ma chérie. Je suis sûre qu'un petit dépaysement ferait une bonne expérience, pour tes parents comme pour toi. Quant à nous, nous serions ravis. N'est-ce pas que nous serions ravis ?

Elle s'est tournée vers Papi, qui n'a rien dit. Il est de plus en plus sourd. Ou alors il n'a plus envie de répondre. Les vieux se désintéressent, c'est connu.

– Puisque vous le proposez, a finalement dit mon père, c'est d'accord. On va faire un essai d'un mois. Un mois… Ce n'est pas grand-chose, et Aurore apprendra à voir la vie autrement.

Qu'est-ce que vous voulez dire quand les gens deviennent cinglés devant vous ? Le mieux est encore de ne pas les contrarier. Ils pourraient se fâcher et vous lancer des trucs à la figure. Alors j'ai dit oui.

– Oui, j'ai dit.

C'est fou comme on peut gâcher sa vie en une seconde. Le temps de dire oui. Oui. Hop. Fini. Stupéfiant.

19 septembre

– Au moins, ils seront gentils avec toi, a fait Lola.

C'était sa première phrase. J'étais tellement atrocement malheureuse que j'avais eu la sottise de la rappeler. Comme si les choses étaient pareilles qu'avant. Comme si elle ne sortait pas avec Qui-Vous-Savez. Dans le fond, je suis une grosse rêveuse naïve. Elle m'a tout de suite ramenée à la réalité.

– Je t'ai dit que Marceau m'a offert des boucles d'oreilles ?

C'était sa deuxième phrase. La deuxième phrase de trop. J'ai raccroché.

Samira n'a pas été plus solidaire.

– Tu n'arrêtes pas de te disputer avec tes parents. Tes grands-parents ne peuvent pas être pires.

– Ça dépend de ce qu'on appelle pire. Mon grand-père est sourd et ma grand-mère est folle.

– Mais tu n'auras pas tes sœurs.

Sur ce point, elle avait raison. Tout le monde n'a pas la chance d'avoir des frères. J'ai laissé tomber la discussion. Inutile de s'épuiser à convaincre des gens qui vivent sur une autre planète.

Même Julien n'a pas eu l'air catastrophé. Il n'a posé qu'une question.

– Est-ce qu'ils ont le téléphone ?

Sur le coup, je ne cache pas que je me suis sentie un peu déçue. Mais je n'ai pas réussi à lui en vouloir longtemps. On ne se connaît pas encore suffisamment. Il ne peut pas vraiment se rendre compte.

21 septembre

Ma classe est une assemblée de trolls, mes profs me haïssent, mes amies ne pensent qu'à elles, ma famille est en train de me mettre à la porte. J'ai bien un copain, mais, à force de n'avoir que deux photos de lui, j'ai presque oublié la tête qu'il a en vrai. Sans compter qu'il habite à l'autre bout de la France et que je ne saurais même pas retrouver sa ville sur une carte. Ma vie est une misère. Quand j'y pense, j'ai l'impression que c'est la vie de quelqu'un d'autre. Est-ce que celle qui me l'a empruntée pourrait reprendre la sienne ? Hé, les amis ! Je suis Aurore, celle qui est faite pour l'amour, la réussite et le succès ! Il y a eu une tragique erreur ! Rendez-moi ma vie !

23 septembre
J'ai fait mes valises. Habits dans l'une, affaires de classe et divers dans l'autre. La pauvre petite pensionnaire va quitter ses parents.

Je ne dis pas que je suis heureuse. Mais je dois avouer que je ne suis pas mécontente de filer de chez moi. Un jour, la facture de téléphone va débarquer. Ce jour-là, si on veut m'arracher les yeux, il va falloir venir me débusquer. Merci, Mamie. Tu es mon refuge et mon sauveur. Je compte sur toi !